EL BARCO DE VAPOR

La hija del vampiro

Triunfo Arciniegas

sm

Dirección editorial: Elsa Aguiar
Coordinación editorial: Gabriel Brandariz
Cubierta e ilustraciones: Sergio Mora

© Triunfo Arciniegas, 2005
© Ediciones SM, 2005
   Impresores, 15
   Urbanización Prado del Espino
   28660 Boadilla del Monte (Madrid)
   www.grupo-sm.com

CENTRO INTEGRAL DE ATENCIÓN AL CLIENTE
Tel.: 902 12 13 23
Fax: 902 24 12 22
e-mail: clientes.cesma@grupo-sm.com

ISBN: 84-675-0764-0
Depósito legal: M-3985-2006
Impreso en España / *Printed in Spain*
Gohegraf Industrias Gráficas, SL - 28977 Casarrubuelos (Madrid)

> Queda prohibida, salvo excepción prevista en la Ley, cualquier forma de reproducción, distribución, comunicación pública y transformación de esta obra sin contar con la autorización de los titulares de su propiedad intelectual. La infracción de los derechos de difusión de la obra puede ser constitutiva de delito contra la propiedad intelectual (arts. 270 y ss. del Código Penal). El Centro Español de Derechos Reprográficos vela por el respeto de los citados derechos.

*Para
Gabriela Huesca,
señora de Coyoacán,
en la Calle Dulce Olivia.*

*Si queréis convertiros en hombre lobo,
dicen las brujas, id temprano
a coger el agua de lluvia en la huella
de una pata de lobo y bebedla.*

Valentine Penrose,
La condesa sangrienta

1

El hombre penetró en la sombra del samán y de inmediato se le alargaron las orejas y los colmillos.

Sentí que se me erizaban los pelos.

Había salido al balcón a contemplar la luna después de leer un capítulo completo de *La isla del tesoro*: escondido en un barril de manzanas, en cuya oscuridad estaba a punto de dormirse, con el rumor del mar y el balanceo del barco, el pequeño Jim Hawkins escucha sin querer la secreta y siniestra conversación de John Silver, apodado *el Largo*, con otros traidores. Desde este momento, la vida de los hombres honrados a bordo de la *Hispaniola* depende exclusivamente del pequeño Jim. John Silver desconoce la lealtad, la piedad y el remordimiento. Al cirujano que le amputó la pierna, un hombre sabio, titulado y experto en latín, John Silver lo colgó como un perro y lo dejó secarse al sol. Ahora pretende apoderarse del tesoro a cualquier precio. Y los muertos no hablan.

Aunque era temprano, como las ocho y media, no se veía ni un alma en la calle. Solo estábamos el hombre, sumergido en la sombra, y yo. Quise retroceder al cuarto y esconderme, tal vez entre las páginas de la novela, pero sencillamente no me pude mover. Me quedé tan congelado como Jim en la oscuridad del barril de manzanas.

¿Llegaría Jim Hawkins a la isla con sus amigos y encontraría el tesoro? ¿Volvería a casa sano y salvo? ¿O sería asesinado y arrojado al mar por John Silver y sus secuaces?

Antes de averiguar las respuestas, debía preocuparme por el hombre que atravesaba la sombra del samán.

Apreté con mis manos la baranda del balcón y tragué saliva por última vez.

El hombre salió de la sombra del árbol y recuperó su apariencia normal. Alto y delgado, todo bañado por la luz amarillenta del alumbrado público y con las solapas de la chaqueta levantadas, hizo una pirueta para acomodar la caja sobre el hombro y me saludó con la mano. Me quedé mirándolo como un idiota y no pude corresponder. Como un perro, con el rabo entre las piernas. El hombre entró a la casa y salió de inmediato, rumbo a la camioneta. Estaba descargando cajas de cartón, cajas y cajas. Sería nuestro vecino.

Toc!

Oí el grito de mamá desde la cocina. Bajé a comer, disimulando el temblor de las piernas, con la boca seca, tal vez con los pelos todavía de punta.

—¿Qué te pasa? –dijo mamá.

No se le escapaba una.

Pero no podía decirle: «El nuevo vecino es un vampiro». Tenía que investigarlo primero. O tenía que usar anteojos. O estaba loco. Todo era posible. ¿Miope o loco? Primero loco que miope. Los locos andan sueltos y felices, confundidos en la multitud, pero a los miopes, siempre tan atolondrados, los marcan con un armazón de metal y vidrio sobre la nariz. Amaba los libros tanto como detestaba los anteojos.

Hubiera podido responder: «No soy miope, mamá». Pero entonces, fuera del hilo de mis pensamientos, mamá hubiera dicho: «Estás loco, Alejandro». ¿Qué será? Siempre que uno dice o hace lo que le da la gana es tildado de loco. A veces es necesario hacer un esfuerzo para pasar por alguien común y corriente.

Mamá repitió la pregunta.

—Nada –dije.

No insistió. Por fortuna, mamá entendió que no tenía ganas de hablar y respetó mi silencio. Comimos, lavamos los platos y vimos televisión.

Aproveché el rato para rumiar pensamientos. Los tomo una y otra vez, los suelto, los vuelvo a tomar, los ablando como goma de mascar, los dejo secar al sol, y vuelvo a tomarlos.

—Tu hermana llamó esta tarde.

Entendí la frase de mamá un minuto después. María Fernanda. En casa de papá. Muy contenta. Había llamado. ¿Para qué?

—Ajá –dije–. ¿Qué dijo?

—Que viene el sábado.

—Ajá –dije–. Le gusta Coyuca.

—Más de la cuenta.

—¿Qué hay en Coyuca?

—Mar, por ejemplo. Playa, brisa y mar, como dice la canción. Murallas, cañones antiguos, carruajes, palmeras borrachas de sol.

«Palmeras borrachas de sol» es una línea de una canción de Agustín Lara, el flaco de la horrible cicatriz en la cara, el mujeriego que enamoró a María Bonita, la misma que en su tiempo fue la más bella de todo México.

Mamá se acordó una vez más del millonario excéntrico del siglo XIX que quiso traer el mar a Zihuatanejo, don Elías Buenaventura. Se enamoró de una mulata bella, altiva y ambiciosa, se arruinó y terminó en el manicomio. El día que mamá se aburriera de la pintura, escribiría su biografía.

Lo mismo decía de Agustín Lara.

—Ya sé que tienes un secreto guardadito –dijo mamá–. Si quieres contarme, te escucho.

No se le había olvidado.

Mamá no soltaba la presa.

—No pasa nada –dije.

Le di el beso de las buenas noches y me fui a dormir.

Volví al balcón. No había ningún hombre transportando cajas. Ningún carro. Y en la casa vecina no había ninguna luz encendida. Pensé que me estaba volviendo loco.

2

Me acerqué al samán en pleno día. Lo toqué, lo examiné, lo raspé con la uña, incluso disfruté de su sombra. Los pájaros llegaban y se iban sin espanto. El árbol no tenía culpa de nada. No era nido de murciélagos ni sus hojas destilaban veneno. Nada más que un árbol alto e inmenso.

Solo me faltó levantar la pata para completar el examen. Pero no era un perro.

¿O había un esqueleto enredado en sus raíces?

No podía cavar para averiguarlo. Los árboles de las calles son propiedad pública. La policía arresta a quienes derriban los árboles.

El Sol de Zihuatanejo titularía a ocho columnas: *Arrestado agresor de árboles.*

Para consolarme, imaginé que sí había un esqueleto humano entre las raíces del árbol. Los asesinos habían sembrado el árbol para distraer a los curiosos, de tal manera que la víctima jamás fuese encontrada. Me excarcelaban, me fotografiaban, me condecoraban por mi olfato de

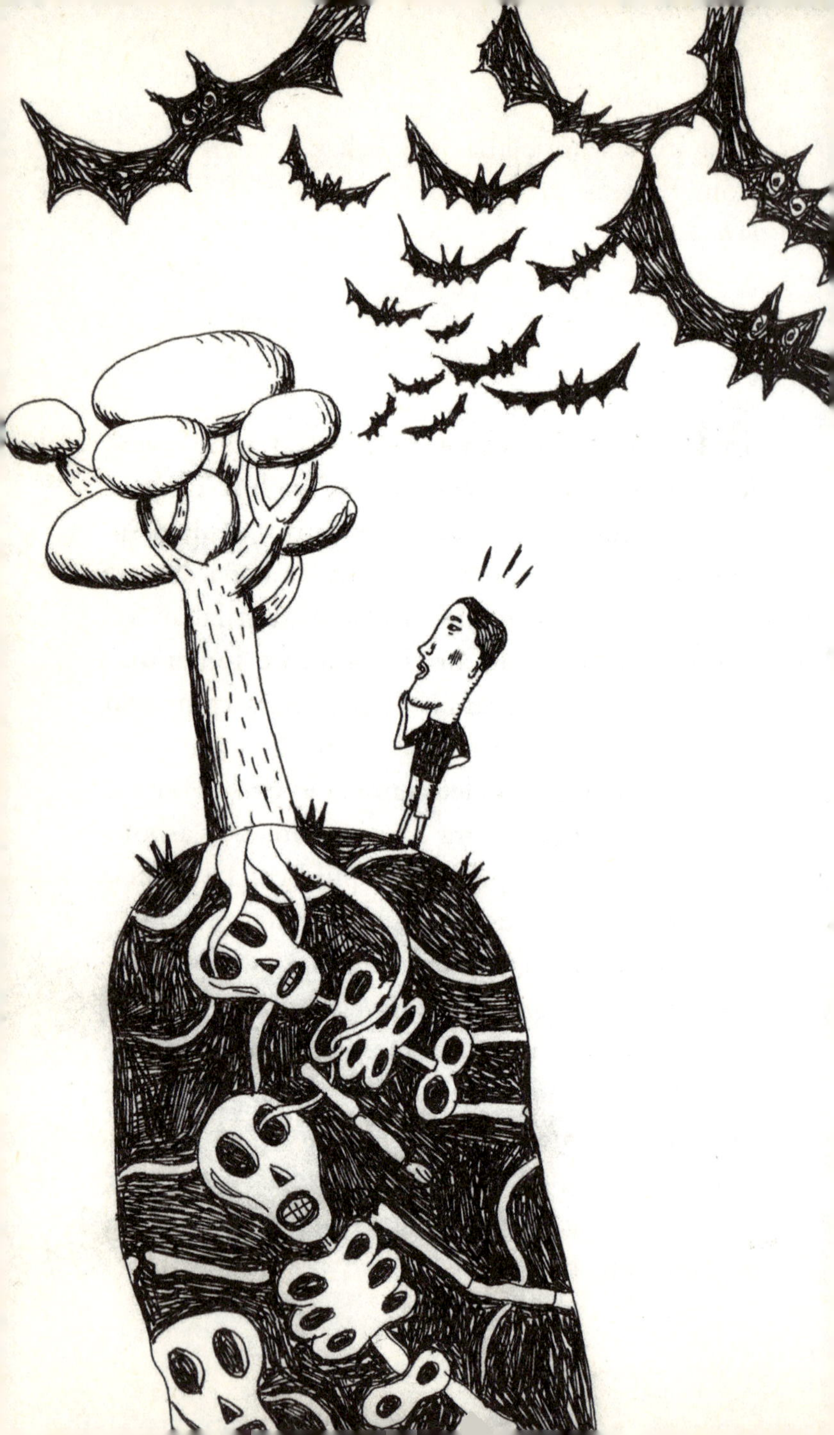

sabueso y se iniciaba una exhaustiva investigación. En este país todas las investigaciones son *exhaustivas*.

Después se sabría que los culpables murieron cien años atrás. Que el esqueleto nada tenía que ver con el vampiro.

La casa del vampiro continuaba cerrada, como en los últimos tres meses.

Ni una ventana abierta.

3

La noche siguiente volví a ver al hombre. Seguía descargando cajas. Noté que en cada viaje evitaba la sombra del árbol. No comenté nada mientras comimos; tampoco después, cuando lavamos los platos, cuando vimos *Todo por la plata*, un programa estúpido donde la gente hace el ridículo en la calle por ganarse un dinero, hasta que mamá dijo:

—Deja de espiar a ese pobre hombre.

«No estoy loco», pensé. «El hombre *existe*».

—Antes deberías ayudarle a descargar.

—No lo conozco.

—Buena oportunidad para conocerlo.

No estaba tan loco como para acercarme a un hombre que se transformaba en las sombras. No le ofrecería mi cuello. Me pregunté si se convertiría en lobo, con patas y cola, para quebrar el cuello de sus víctimas. ¿Hombre lobo o vampiro? Me pregunté si volaría.

En la pantalla se estableció una apuesta de

besos. El hombre ganaría un billete por cada mujer que besara en la calle. Si llegaba a diez, la recompensa se doblaría. Unas mujeres gritaban y huían espantadas, a toda carrera, otras cacheteaban al hombre o se le enfrentaban a carterazos, otras se quedaban tiesas y hasta cerraban los ojos. El hombre arriesgaba la vida por unos billetes.

—Bobo.

—Es simpático –dijo mamá–. ¿Por qué te parece bobo?

Supe a tiempo que hablábamos de tipos diferentes. Señalé la pantalla, donde el hombre caía al piso, derribado por un carterazo.

—Es aterrador –dije, refiriéndome al vampiro, desde luego.

—No lo conoces.

—¿Tú sí?

—Vino esta tarde, apenas saliste.

Había salido toda la tarde a jugar al fútbol. ¿Quién iba a adivinar que se aprovecharía de mi ausencia? ¿Quién iba a saber que el tipo perseguía a las damas solas e indefensas? Temí por una temprana orfandad.

—No te pasó nada –dije, y no supe si hacía una pregunta o una observación.

—Te aseguro que es simpático –explicó mamá–. Vino a que le prestara un martillo.

—Viejo truco. ¿Se lo prestaste?

—Al rato me lo devolvió.

—Vino dos veces –señalé.

—La segunda vez le ofrecí limonada porque lo vi acalorado.

El hombre no alcanzó la meta de los diez besos. El presentador le deseó suerte para la próxima vez y lo despidió con un premio de consuelo.

—Muy amable de tu parte.

—¿Por qué ese tonito burlón?

—No lo conocemos, mamá, es un extraño.

—Era, hijo. Ahora es nuestro vecino. Se ve todo interesante con esos lentes oscuros. Le molesta la luz.

El siguiente bobo era peor. Casi un enano, con los pelos de punta y los ojos de un sapo. Me pregunté si brincaría para alcanzar los besos. Más que bobo, baboso.

—Un vecino extraño –dije–. Puede ser un asesino, un maniático, un vampiro, no sé.

La primera mujer enfrentó al enano con furia demencial, lo hizo retroceder hasta que cayó de espaldas en la fuente del parque. Exactamente, como un sapo.

Imaginé a mamá acosando a carterazos al vecino para que aprendiera a respetar.

—¿Le viste una lora en el hombro?

—No dije que fuera un pirata, mamá.

—¿Es manco? —No.

—¿Cojo?

—No.

—¿Tuerto?

—No, supongo que no, pero usa lentes.

—¿Le viste una horrible cicatriz en la mejilla?

—De lejos, no.

—No es un peligroso lobo de mar.

—Ni siquiera un marinero de agua dulce.

Mamá había leído *La isla del tesoro* mucho antes que yo, ella misma me había recomendado su lectura. «Después de Conrad, Dumas y Stevenson, que entre el diablo y escoja», decía. Conrad había escrito *El corazón de las tinieblas*; Dumas, *Los tres mosqueteros* y *El conde de Montecristo*, títulos pendientes, y Stevenson, *El extraño caso del doctor Jekyll y Mister Hyde*, *El diablo de la botella* y *La isla del tesoro*, la inmortal, entre otras delicias.

Por la novela de Stevenson, sabía que acababa de expresar uno de los peores insultos que se le pueden hacer a un hombre: *marinero de agua dulce*. Peor aún: el vecino ni siquiera alcanzaba la categoría de marinero de agua dulce. Pero mamá solo dijo, con la mirada fija en la pantalla:

—No es más que un viudo solitario. Ves demasiada televisión.

—Es lo que me dices siempre. Tú ves más televisión que yo.

—Ni siquiera sabes qué es un maniático.

—Un hombre con manías peligrosas.

—Busca en el diccionario.

—Esta vez...

—Se me olvidaba que eres mi dolor de cabeza –dijo mamá–. ¿No es hora de acostarte?

El beso de las buenas noches y a dormir. «¿No es hora de acostarte?»; su manera de concluir una conversación que, según ella, no conduce a nada, puede empeorar: «Alejandro Corozal, ¿no es hora de acostarte?». Cuando me menciona con nombre y apellido significa que el disgusto de la señora Elisa Fuentes alcanzó el máximo grado y no hay que decir ni mu. Me fui a dormir. Tampoco me interesaba ver a más tipos que arriesgaban la vida por un beso. Por unos pesos. Sapos, bobos, babosos. Vampiros.

4

Mamá es bonita. La mamá de uno siempre es bonita, por supuesto, pero mamá es un caso especial. Los hombres se giraban al verla pasar. A veces le dicen cosas. «Quién fuera el papá de ese mocoso» o «con una mamá así no volvía a salir a la calle». En los supermercados se desviven por atenderla. En los autobuses le ceden el puesto. Mamá es como una reina de todos los días.

Agustín Lara le escribiría canciones si viviera.

Elías Buenaventura, el loco que quiso traer el mar a Zihuatanejo, se hubiera arruinado por ella.

Las mujeres también se rinden a su encanto.

La profesora Eufemia, por ejemplo, a cada rato viene a conversar con ella. Toman café en la sala y ríen como locas.

—Ay, Elisa, estás divina –dice la una.

—Ay, Eufemia, apenas me soporto –dice la otra–. Me salió una peca horrible detrás de la oreja.

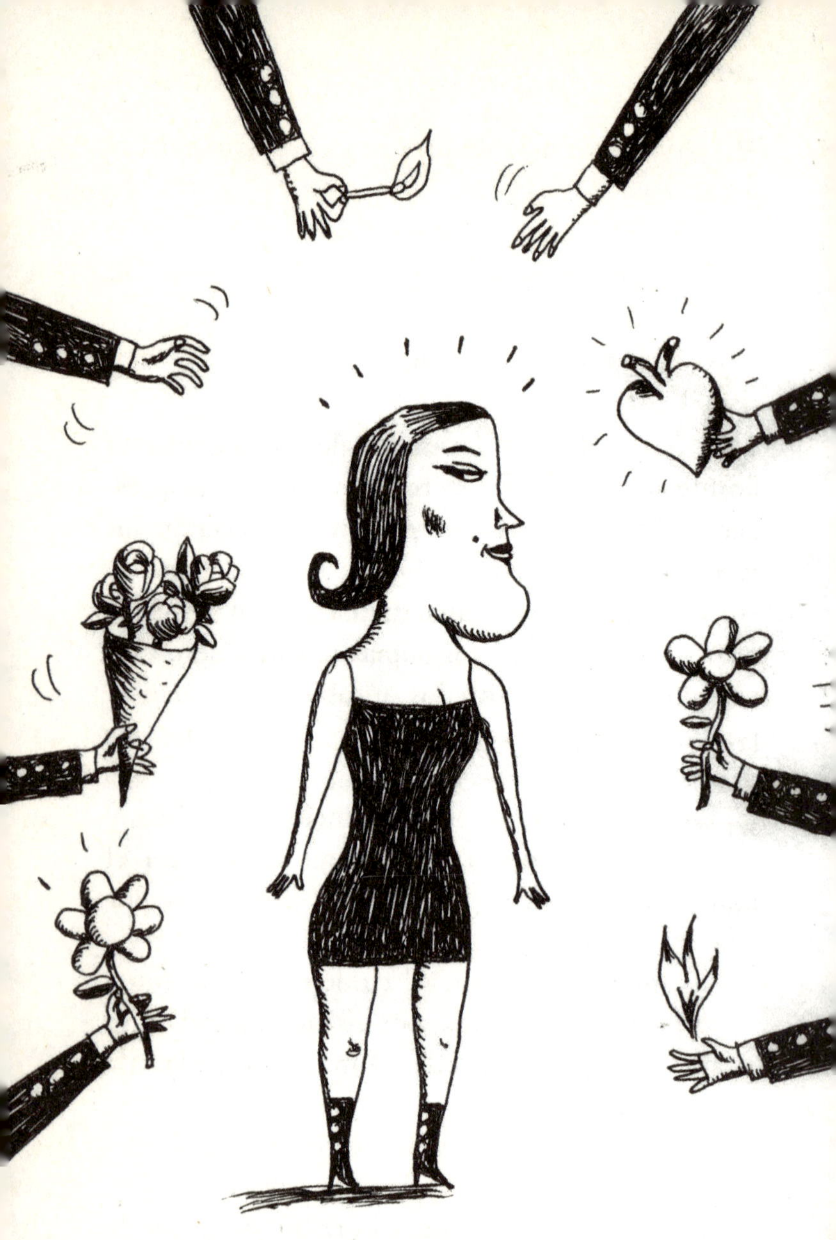

—Ay, Elisa, más de uno se va a morir por esa peca.

—Ay, Eufemia, qué cosas dices.

Cuando vamos de compras, mamá pone el precio. Sonríe y el precio queda establecido.

A veces digo que el encanto reside en su sonrisa. Te hace volar.

A veces digo que en sus ojos, en su manera de mirar. Basta que te mire para darte a entender si está molesta o contenta o te va a pedir un favor.

María Fernanda heredó su belleza.

Pero se viste como una loca, con vaqueros rotos, chaquetas estrafalarias, y, sobre todo, le falta la experiencia de mamá.

Los ojos y la boca de una mujer son sus armas.

Además, María Fernanda es mi hermana, casi mi enemiga.

Aunque no siempre.

5

Papá había olvidado en casa el grueso y pesadísimo diccionario de la Real Academia. Como para matar maniáticos. Me gustaban las palabras raras. Las pronunciaba como si fuese Alí Babá abriendo la cueva de los ladrones.

maniático. adj. Que tiene manías.

¿Los diccionarios eran bobos o qué? Tenían sus momentos. Busqué el significado de manía.

manía. f. Especie de locura, caracterizada por delirio general, agitación y tendencia al furor.

También decía:

Extravagancia, preocupación caprichosa por un tema o cosa determinada.

También decía:

Afecto o deseo desordenado.

Fui a la biblioteca pública y le pregunté a María Moliner:

Trastorno mental, a veces curable, pero que puede degenerar en locura furiosa; se caracteriza por exaltación, alegría o euforia excesiva, cólera y, en general, ausencia de cualquier clase de freno.

Demasiadas palabras raras.
Volví a casa diciendo:
—Maniático, maniático, maniático.

6

Dejé de jugar al fútbol y me mantuve pendiente del vecino. Niño prevenido vale por dos. Debí exponerme más de la cuenta en el balcón porque le dijo a mamá que fuera a visitarlo.

—No me ilusiona visitar viudos solitarios –dije.

—Ve para que te espante las cucarachas de la cabeza, y no es tan solitario como crees: tiene una hija, aunque no vive con él.

La imaginé huesuda y cadavérica, más blanca que la harina, pero no dije nada para no exponer el pellejo.

—Anda, ve, sé por qué te lo digo.

Acepté a regañadientes.

Necesitaba una estaca de madera o balas de plata. Me acordé de los colmillos y me sentí en horrible desventaja. Quise volver corriendo a casa. Me imaginé con los pelos de punta, corriendo a casa, todo ridículo.

Tienes que amarrarte los pantalones, Alejandro Corozal, me dije, eres el hombre de la casa, el capitán del barco, y entonces decidí que exploraría el terreno antes de volver con la estaca o el revólver.

Tienes que comportarte como Jim Hawkins, que sobrevivió en un barco infestado de piratas malvados.

Pero ni Jim Hawkins se enfrentaría desarmado a semejante personaje.

Llamé al timbre y el hombre abrió de inmediato.

Me esperaba.

Sabía que vendría.

Lo vi pálido y algo ojeroso.

«No duerme bien», pensé.

No vi nada raro en los ojos. No eran rojos. Ni tuerto ni bizco. Los lentes oscuros reposaban sobre la mesa. Pero las orejas. Como puntiagudas. Raras. No pude apreciar los colmillos, sin duda retráctiles, como las garras de los felinos.

—Alejandro, soy Nicolás –dijo el hombre–. Tengo jugo de naranja.

—¿Café? –dije.

—¿Con o sin leche?

—Con –dije.

—¿Con o sin azúcar?

—Con –dije.

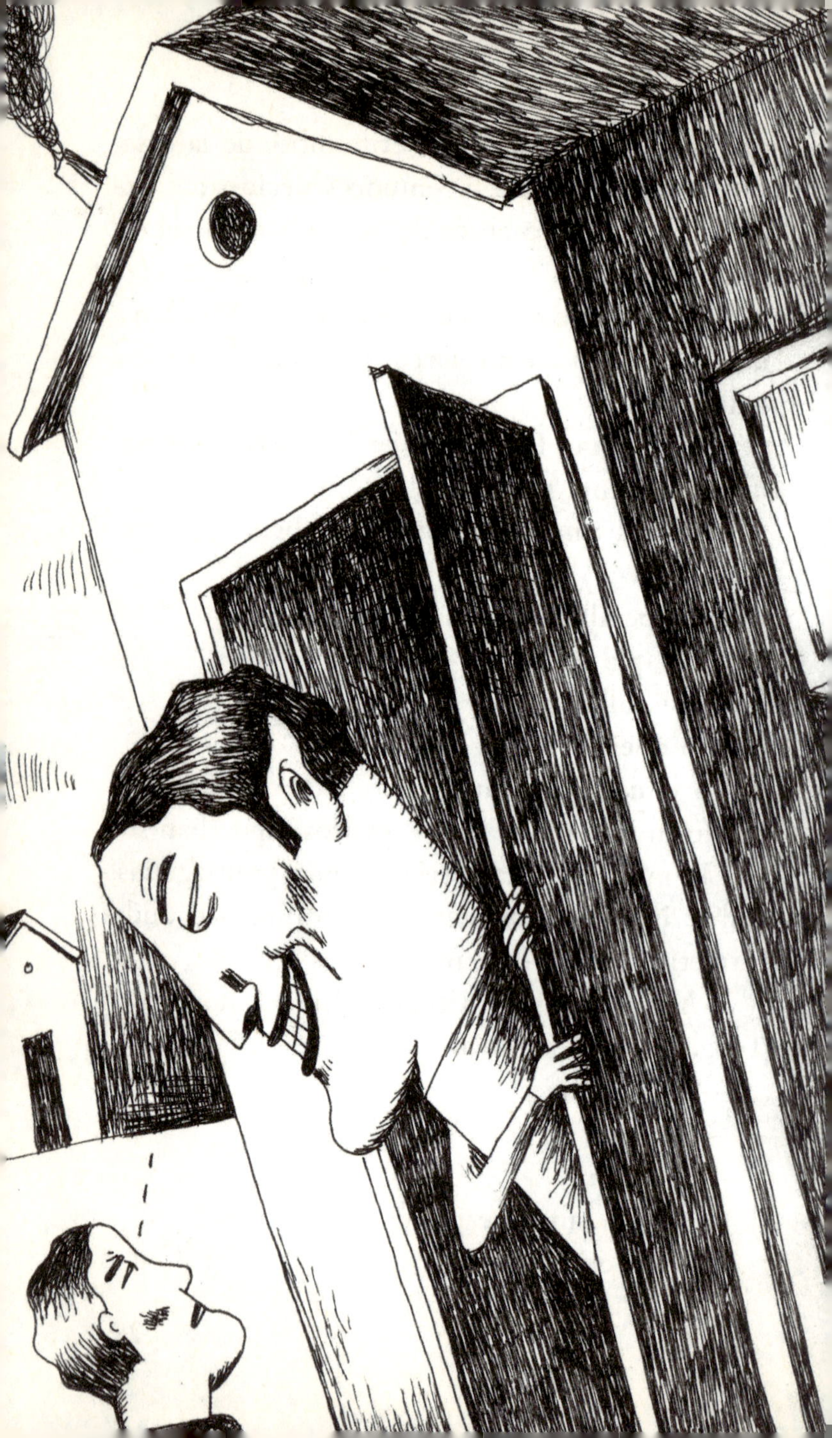

Hacía buen café, debo reconocerlo, pero el detalle no tenía nada que ver con las sospechas. Lo miré todo con suma atención: nada fuera de lo normal. Nada. Salvo un cajón.

—Me dijo tu mamá que lees mucho. ¿Hay algún libro que quieras leer?

—*Los tres mosqueteros.*

—Lo tengo –dijo el hombre–. Ya te lo bajo.

Fue por el libro al segundo piso.

Brinqué, levanté la tapa del cajón y descubrí la tierra. La tierra del ataúd. Tierra de Transilvania, por supuesto. Ocultaba el ataúd en el segundo piso, claro, lejos de la curiosidad de las visitas. El vecino no era un hombre lobo. Era un vampiro.

No terminé el café.

Se me hizo una bola en la garganta.

Traté de disimular el temblor, recibí el libro y volví corriendo a casa.

7

Era una edición antigua, de páginas amarillentas, y algún gorgojo ya se había dado su banquete. No encontré subrayados, pero un lector de tiempos remotos había doblado la esquina superior de algunas páginas. Olía a tabaco.

Leí, al azar, que D'Artagnan no conocía a nadie en París.

Tampoco yo.

El teléfono interrumpió mi exploración de *Los tres mosqueteros*.

Era María Fernanda.

—Ven pronto –dije.

—¿Mi adorado hermanito me extraña?

—Será mejor que vengas. Tengo algo que contarte.

—Un adelanto.

—Ven y te digo.

—¿*Top secret*?

—Súper.

—No puedo antes del jueves. Le prometí a papá que lo acompañaría al museo. Vamos a ver los gordos de Botero. Pásame a mamá.

8

Aunque mi lectura iba por los últimos capítulos, encontré *La isla del tesoro* abierta en las primeras páginas. Había una frase subrayada: «Apenas es necesario contar cómo aquel personaje perturbaba mis sueños».

Cerré el libro como si fuese una caja de Pandora, antes de que salieran al mundo todos los males y todas las pesadillas.

No recordaba que hubiese subrayado alguna vez esa frase terrible.

9

—Qué muchacho tan raro eres –dijo mamá, y explicó–: Saliste corriendo apenas Nicolás te dio el libro. Quería invitarte a jugar al ajedrez.

—No sé nada de ajedrez.

—Puede enseñarte.

—No estoy interesado.

—Le dejaste el café servido.

—¿Cuándo vino?

—Esta tarde.

—¿Otra vez por el martillo? Podía comprarse uno.

—Me invitó al cine.

—No vayas.

—¿Y por qué no? –dijo mamá–. Puedes venir. La invitación es para los dos. Pasa mañana a las seis.

—No podemos.

—¿Por qué?

—Mañana llega María Fernanda.

Mamá se golpeó la frente.

—Cierto –dijo–. Creí que hoy era martes.

—Ve tú sola –dije, y estuve a punto de recomendarle que ni por un instante permaneciera a solas con el vampiro–. Voy por María Fernanda.

—¿Lo harías, tesoro? Qué buen hermano eres. ¿Y no te importa que salga con Nicolás?

Solo en momentos así me llama «tesoro».

—De todas maneras lo harás –dije.

—Eres un amor.

Cómo cambiaban las cosas. Mamá, que temía que un día de estos María Fernanda se quedara a vivir con papá en Coyuca, que miraba el reloj desde temprano y que me arrastraba a la terminal de transportes una hora antes de la señalada el día que la niña de sus ojos regresaba, ahora prefería largarse al cine con un extraño.

—¿Y si Fercha no aparece?

—No lo creo, y no le digas así –dijo mamá, despreocupada–. Tiene que venir a ver al novio.

—Bar puede visitarla cuando quiera. No gasta más de dos horas. Porque esa moto corre como un diablo.

—Bartolomé es mi tercer dolor de cabeza –dijo mamá–. ¿No te estarás subiendo a esa moto?

Bar me había dado un par de clases a escondidas. Ni siquiera María Fernanda lo sabía.

—No, mamá.

—Ya es suficiente con que tu hermana ande para arriba y para abajo con ese muchacho.

—Fercha quiere una moto.

—El diablo tendrá la culpa si la consigue.

—Le va a echar el cuento a papá.

—Sobre mi cadáver. Primero dejo de ser Elisa Fuentes, muchacho, y después entra en la casa ese aparato. No te rías. ¿También quieres una moto? No me contestes.

—No, mamá.

—Menos mal. No he sabido de nadie que se haya estrellado en una bicicleta a cien kilómetros por hora. ¿No tienes nada que hacer?

—Voy a echarle un ojo a los mosqueteros.

—¿Ya terminaste con los piratas?

—Ya casi.

—¿Ya encontraron el tesoro?

—Están a un pelo.

—Qué bien. Un esqueleto te espera.

—Mamá, no me adelantes nada, por favor.

—Solo lo digo para que no te asustes. Ve a leer, tesoro, que estoy que me pinto unos paisajes, y avísame cuando encuentres el esqueleto porque tengo que preguntarte una cosita.

10

Bartolomé tampoco tenía tiempo.

—Me salió un negocio a última hora –dijo, sin apagar la motocicleta–. Dile a Fernanda que paso mañana, cuñadito, y que la quiero mucho.

—¡Qué asco! ¿También me vas a poner a darle besos?

—¿Quieres una clase el domingo? –dijo Bar, haciendo ronronear el motor–. Te dejo conducir hasta Coyuca, si quieres.

—¿Hasta Coyuca?

—Ida y vuelta.

—Miércoles. ¿Qué más le digo a mi hermanita del alma?

—Que me has visto juicioso y que me muero por ella.

Pasó una vieja y miró a Bar con espanto.

—Estoy haciendo un collar precioso para doña Elisa. ¿A tu mamá le gustan los collares?

—No es de las que se cuelgan cualquier cosa, como mi hermana. Hazle uno de perlas.

—¿De fantasía?

La vieja se detuvo en la esquina y volteó a mirarnos. Bar le mostró los dientes, igual que un perro bravo, y aceleró. La vieja corrió como alma que lleva el diablo.

—Oye, Bar, ¿te gustan los vampiros?

—Me chiflan.

—¿En serio?

—Mi próxima reencarnación será en Transilvania.

No supe si hablaba en serio.

Bar se había cortado el cabello casi al rape, como un soldado, y se lo había pintado de naranja. A veces lucía una argolla de plata en la oreja izquierda y otra en una aleta de la nariz. Demasiado ridículo para un vampiro. Sus víctimas se morirían de risa. Bar, negro de sol, vendía collares de fantasía en la calle. ¿Cuándo se ha visto que un vampiro venda collares? Y con esa chaqueta de cuero. Y esas botas de soldado.

—¿Qué te preocupa? –dijo Bar–. ¿Te molesta el ajo?

—No cuando quiero vomitar.

Bar no era el cómplice que estaba buscando.

—Nada –dije–. No me preocupa absolutamente nada.

—Te invito a un helado y me voy volando –dijo Bar, y repitió el gesto del vampiro que lame una navaja ensangrentada en una película que vimos con María Fernanda.

11

Necesitaba un cómplice. Fui a la terminal de transportes por mi hermana porque necesitaba convencerla. La terminal no estaba lejos, pero mamá me dio dinero para el taxi de regreso. María Fernanda se despedía con una mochila y regresaba con tres maletas. Papá solía enviar una caja de plátanos. «Comida para los monitos», explicaba María Fernanda. Arrastramos todo hasta el taxi mientras rendía el informe de Bar. Que había surgido un negocio a última hora pero que lo había visto juicioso y que la quería muchísimo. Que se estaba muriendo de tanto amor. En fin, todas esas ridiculeces. Escupí a escondidas. María Fernanda habló de papá:

—No deja de preguntar cuándo vas. Eres un idiota si no vas, hermanito. Claro que de todas maneras eres un idiota. Te mandó unos lápices.

María Fernanda le indicó la ruta al taxista.

—¿Qué dijo de la moto?

—Va a hablar con mamá –dijo María Fernanda.

—Entonces olvídate de la moto.

—¿Por qué mamá no vino a recibirme?

—Doña Elisa se fue al cine con un vampiro.

Le expliqué a María Fernanda el asunto y no me creyó.

—Te mueres de celos –dijo–. Mira que papá tiene otra mujer y otro hijo, y no quieres que mamá haga su vida.

—No con un vampiro. Imagina los hermanos que tendríamos.

—Ya tenemos uno bien raro –dijo María Fernanda–. ¿No le has visto las orejas?

—Te hablo en serio.

—Ya veremos, hablaré con mamá.

—Por lo que más quieras, no, solo observa.

—Hablaré con mamá –repitió María Fernanda.

—No le digas que dije que salió con un vampiro.

—¿Qué otra cosa voy a decir?

—Está bien, ¿qué quieres?

—El CD de Michael Jackson.

Acepté, qué más. Pregunté por las orejas de Harold, mi lejano hermanito. ¿De verdad eran raras?

—Michael Jackson se transforma en hombre lobo y a nadie le parece raro –dijo María Fernanda–. Si se volvió blanco, puede hacer cualquier cosa.

La frase de María Fernanda me sembró una duda horrible:

—Si es negro de nacimiento, ¿cómo puede tener hijos blancos?

—Los compra. ¿No arregla con dinero sus escándalos sexuales? En este mundo, el dinero lo puede todo.

—Casi todo.

—Así es, hermanito –suspiró María Fernanda–. Un vampiro se enamoró de mí.

Mejor sería decir que mi hermanita se enamoró de un vampiro pobre. O de un pobre que se creía vampiro. El enamoramiento, por lo visto, afectaba los sentidos y la capacidad de razonar. Alguien dijo que los enamorados no pertenecen a este mundo. Chagall, uno de los pintores que mamá adoraba, los pintó en el aire.

—¿Bar vuela? –pregunté.

—Hermanito, no me digas que mamá y el pretendiente se fueron volando al cine.

Una vieja se atravesó y el taxista frenó con brusquedad. La vieja terminó de cruzar la calle y no se dio cuenta de nada.

—Ya vive en otro mundo –dijo el taxista, y seguimos.

Los viejos y los enamorados, criaturas de otro mundo. No dije nada.

—¿Entonces le hablaste a mamá de la moto, sapito?

—Para prepararte el terreno.

—¿Y qué dijo?

—«Sobre mi cadáver».

—¿Eso dijo?

—Eso dijo Elisa Fuentes.

—Papá tiene razón. ¿Qué me decías de las orejas de Harold?

12

Mamá echaba chispas cuando me llamó a la sala.

—¿De dónde sacas que Nicolás sea un vampiro?

Qué hermanita. María Fernanda se quedaba con mi música y luego me delataba.

—Respóndeme, Alejandro Corozal.

—Por sus orejas, por sus colmillos, porque no soporta la luz del día.

—¿Cuándo vas a permitir que conozca a alguien? Tu papá ya hizo su vida. ¿Qué pasa con las orejas y los colmillos de Nicolás? Nadie es perfecto.

—No se trata de papá.

—Se trata de mí. No voy a dejar de ser tu mamá si salgo con alguien.

—Me preocupas.

—Tú me preocupas, Alejandro. ¿Me ves marcas de chupadas en el cuello? ¿Me ves pálida y sin sangre?

—Todavía no, mamá.

—Deja de ver tanta televisión y reconcíliate con tu papá.

—Nos dejó.

—Hace años. Madura como tu hermana y viviremos en paz.

No dijo su famosa frase: «¿No es hora de acostarte?», porque era demasiado temprano.

Subí a mi cuarto. Por el camino aproveché para decirle a María Fernanda:

—Sapa, traidora, falseta.

—De nada, hermanito, también te quiero –dijo la muy cínica.

Dos o tres horas después vino a mi cuarto:

—¿Sigues bravito?

—El CD de Michael Jackson es mío.

—Ya no me gusta. Demasiado descolorido para mi gusto, demasiado flaco y, además, con esa cara de niña que se mandó a hacer, con esa naricita respingona.

—Ya no se sabe qué es, pero baila como nadie.

—No te lo discuto. Ay, a este paso, voy a terminar adorando a Agustín Lara, como mamá, con cicatriz y todo.

Entonces me acordé de la tierra.

—Tiene la tierra del ataúd en un cajón enorme.

—¿Michael Jackson? –se burló María Fernanda–. ¿En qué revista lo leíste?

—No, el vampiro. Tiene la tierra en la cocina. Tierra de Transilvania. Los vampiros viajan a todas partes con la tierra maldita. Esconde el ataúd en el dormitorio.

—¿Lo viste?

—El ataúd no, la tierra sí.

—Déjame preguntarte una cosita a ver si entiendo. Si el ataúd está en el dormitorio, como supones, ¿por qué tiene la tierra en la cocina?

—Tierra de repuesto, supongo. No soy vampirólogo. Arriba tendrá más.

—Qué gasto de pijamas. Imagínate cómo quedarán después de que se revuelca en la tierra. Ya vengo.

—¿Qué haces?

—Voy a investigar.

No pude hacer nada. Ni la detuve ni me permitió acompañarla. Mamá no estaba. Y tampoco hubiera servido de nada. Me asomé al balcón. María Fernanda avanzaba con paso rápido hacia la casa del vecino. No me salió un solo grito. La vi llamar al timbre y la vi entrar. Pensé que nunca más la vería. Había enviado a mi propia hermana a la muerte.

Esperé.

Tuve el impulso de correr a salvarla.

¿Pero con qué pretexto me aparecía en esa puerta?

Imaginé el titular de *El Sol de Zihuatanejo*: *Niño salva a su hermana de las garras del vampiro*.

Pensé que no necesitaba un pretexto. Aun así seguí clavado en el balcón, como con pies de piedra. Me sentí avergonzado ante Jim Hawkins. Reconocí que no tenía la astucia ni el valor para sobrevivir en un barco infestado de piratas. Nunca llegaría a la isla ni mucho menos desenterraría el tesoro.

Después vi que mi hermana regresaba.

Y me salieron alas para correr a su encuentro.

—Es la tierra de las matas y arriba no hay ningún ataúd –aclaró, furiosa.

—¿Cómo lo supiste?

—Porque lo vi trabajando en el jardín y porque eché un ojo al dormitorio. Así que déjate de cuentos y deja que mamá haga su vida. Ya derramó todas las lágrimas por papá.

—¿Cuándo?

—Mientras roncabas.

Pregunté si había espejos en la casa del vampiro.

—No –dijo María Fernanda–. Pero eso tiene que ver más con la vanidad que con otra cosa. ¿Lo has visto volar en noches de luna llena?

13

Bartolomé vino el domingo a cumplir su promesa de dejarme conducir la moto hasta Coyuca, pero no quise.

—Entonces otro día –dijo Bar–. Nos vamos temprano y saludamos al maestro Bernardo.

—Hace tiempo que no lo veo.

—El maestro se alegrará de verte.

—Seguro –dije.

—Te envidio, cuñadito: nunca tuve papá.

Salí a recorrer el barrio en bicicleta.

Las hojas se arrastraban como insectos.

Había llovido casi toda la noche en Zihuatanejo y el aire era un perfume. La niebla se retiraba como una muchacha que se equivoca de cuarto.

Un perro me persiguió casi tres cuadras. Me detuve en seco, con el corazón en la boca, y lo enfrenté. El perro enseñó los colmillos y se alejó.

Volví a pedalear.

Me detuve en una esquina para ceder el paso al camión de las naranjas.

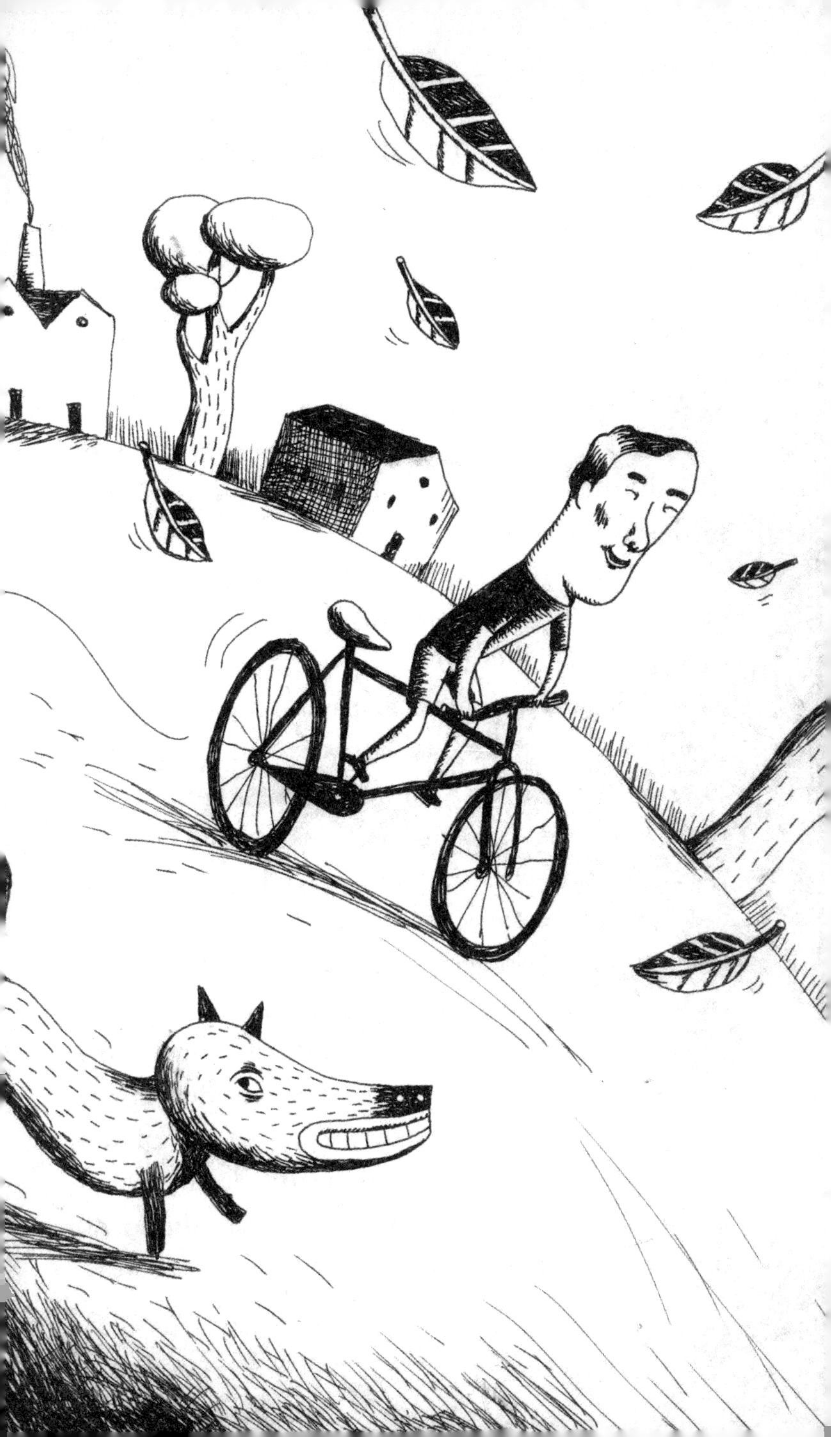

—Salúdame a Elisa –dijo una señora–. ¿Se va a casar?

—No que yo sepa.

—Salúdame al profesor.

¿Cuál profesor? ¿Entonces el vampiro era profesor?

Arranqué para huir de los chismes.

En la siguiente esquina, seguramente ya tendría hermanitos con orejas puntiagudas y colmillos retráctiles.

Marlon Mateo me gritó desde una ventana:

—No te hemos visto últimamente.

Menos mal que no dijo:

—Dizque vas a tener papá próximamente.

Le hice un adiós con la mano, sin detenerme.

Todo marchó bien durante diez o quince minutos. Los perros se rascaban las pulgas. Los viejos conversaban recostados contra la pared o sentados en un escaño, rodeados de palomas hambrientas. El cielo repleto de nubes brillantes era casi el mismo cielo de todos los días.

Todo marchó bien hasta que, al voltear una esquina, Nicolás, el vampiro, apareció de la nada con sus famosos lentes oscuros y se me plantó al frente. Estuve a punto de atropellarlo.

Jim Hawkins, ayúdame, quiero ser digno de tu amistad, quiero recorrer los mares en busca de tesoros, quiero aplastar piratas traidores como si fuesen cucarachas, quiero hacerles tragar el polvo.

—Tengo que hablar contigo –dijo el vampiro–. ¿Tomamos un café?

Entramos a *La Gata de Oro*.

Pedí una Coca-Cola.

Agucé el oído.

Se quitó los lentes y los colocó sobre la mesa.

¿Dónde se mandaría a hacer esas orejas?

—Ya sé qué estás pensando –dijo.

Si era adivino, aparte de vampiro, me hablaría de las orejas.

—Ya sé qué viste esa primera noche.

—¿Qué vi?

—Visiones –dijo–. La vista engaña. No soy lo que tú dices.

—¿Entonces?

—Durante un tiempo fui taxista, hace mucho. Tuve que cambiar de oficio porque la gente siempre veía a una mujer rubia a mi lado. Ningún cliente me hacía la parada y me pasaba la noche dando vueltas por la ciudad. Me pregunto si no sería mi hermana, que murió ahogada a los catorce años. Éramos inseparables.

Saboreó el café.

Tal vez mató a su propia hermana, pensé, y

la culpa lo atormenta. Tal vez la empujó al río Zihuatanejo desde el puente.

Qué delicia de Coca-Cola.

—¿Trabajabas de noche?

—Siempre he padecido insomnio. Es horrible. ¿Por qué te cuento estas cosas? Quise ser mago y terminé consolándome con el álgebra.

—¿Qué pasó con la magia?

—Una noche casi parto en dos a una señora. Ahora sueño con los dos pedazos. No encuentro la manera de remediar el daño.

—¿Y qué pasó con la señora?

—Nada. Se puso a gritar cuando sintió el serrucho en la barriga. Perdí el empleo porque la señora era la mujer del dueño del circo.

—Tengo que hablar con papá.

—¿Qué tiene que ver el maestro Corozal en este asunto?

—Es mi papá.

—Habla con Elisita.

—¿Lo conoces?

—¿Quién no? –dijo Nicolás–. Por las revistas y los periódicos, por las exposiciones, digo. Bernardo Corozal es un gran escultor.

—Tengo que hablar con él –dije–. Hace tiempo que no lo veo.

—Elisita me gusta –dijo Nicolás.

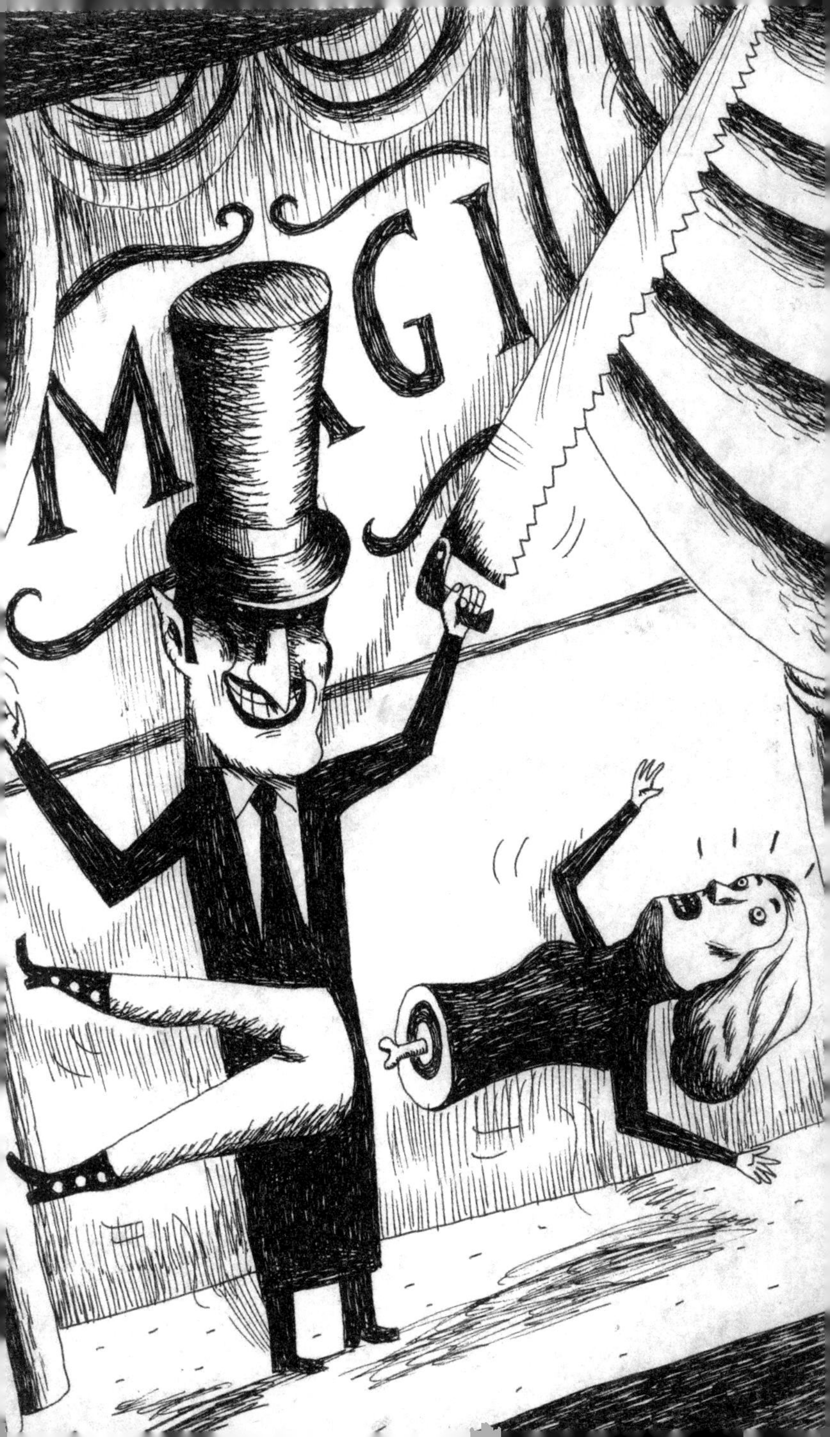
MAGI

No había duda de que mamá le gustaba.
Pero no me lo decía a mí.
Se lo decía a sí mismo.
Se lo decía al vacío.
Y era como si tuviera miedo.

14

Me puse el suéter verde y seguí con frío.
Abrí la ventana.
Solo niebla.
Niebla y niebla.
Y entre la niebla, el hombre.
Seguía cargando cajas.
¿Cuándo terminaría de cargar esas cajas?

15

El silencio de la casa me sobrecogió.
Dejé de leer y cerré el libro.
Oí el grito de mamá.
Luego, otra vez el silencio.
Estaba paralizado por el miedo.
La puerta se abrió despacio.
Muy despacio.
Nicolás llenó todo el marco de la puerta.
Su boca chorreaba sangre.
Ahora me mataría.
Se acercó despacio, seguro de que su pobre víctima ni siquiera parpadearía.
Abrí la boca. Sentí que mi boca se abría por su propia voluntad y que gritaba sin control.
El grito me despertó.
Amanecía.
Nunca me pareció tan dulce, tan reconfortante, el amanecer.

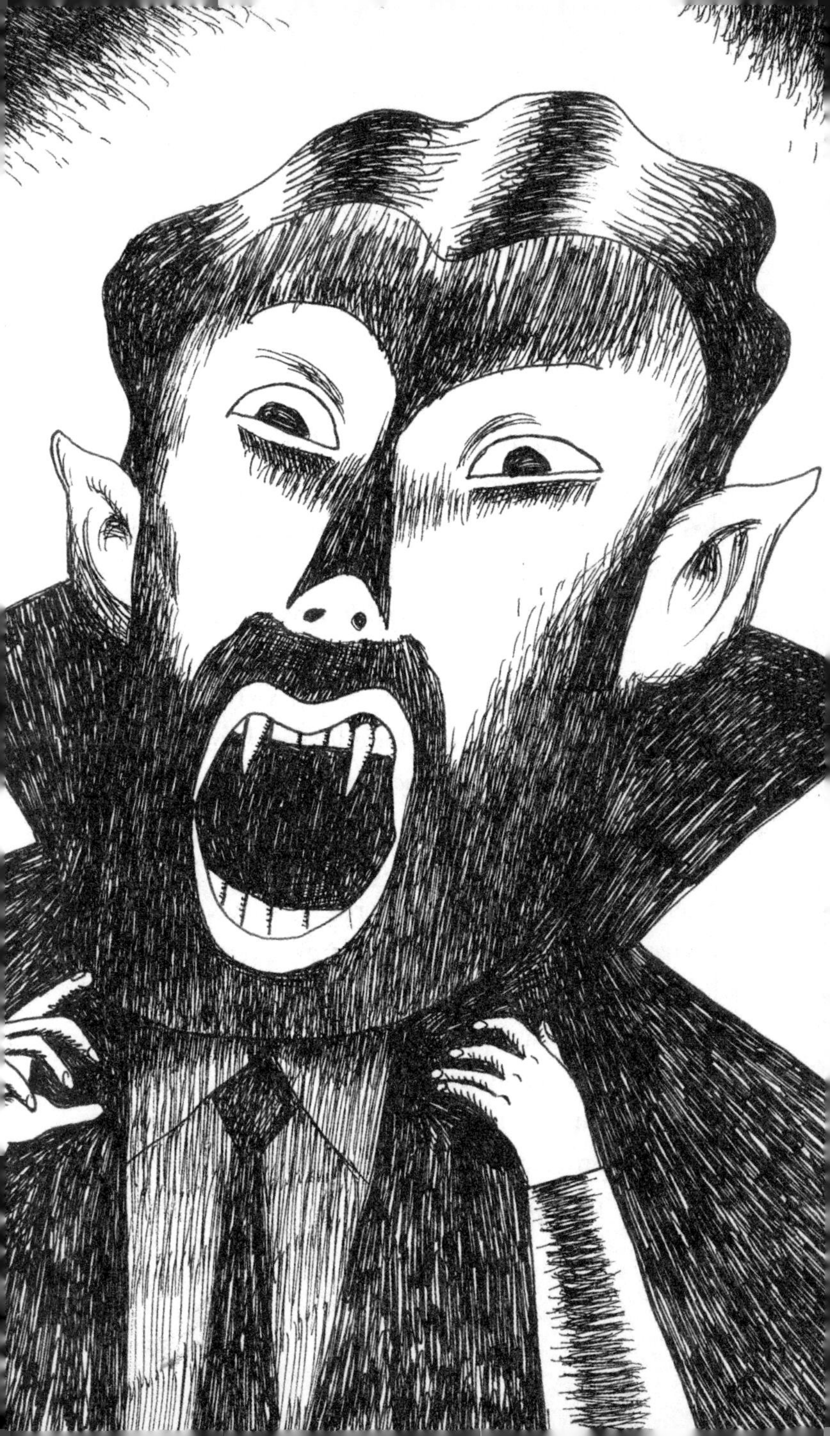

16

Había concluido *La isla del tesoro* y ahora disfrutaba la compañía de Athos, Porthos y Aramis, los mosqueteros de Alejandro Dumas, recientes amigos de D'Artagnan. Pero sentí la urgente necesidad de repasar esa terrible frase de la página 13 de la novela de Stevenson: «Apenas es necesario contar cómo aquel personaje perturbaba mis sueños». La recorrí con el dedo tembloroso, y entonces, como hipnotizado, leí el resto del párrafo: «En las noches de tormenta, cuando el viento estremecía las cuatro esquinas de la casa y las olas estallaban contra las rocas, lo veía bajo mil formas distintas y con miles de expresiones diabólicas, a veces con una pierna cercenada por la rodilla, y otras, por la cadera. A veces era una monstruosa criatura con una sola pierna que brotaba de su vientre. Verlo saltar y correr, persiguiéndome, a través de zanjas y vallas, era la peor de mis pesadillas...».

17

Pedaleé hasta la casa de Marlon Mateo.

—Tiempo sin verte –dijo.

—Tengo que hablarte –dije–. ¿Crees en vampiros?

—Mamá cree en brujas.

—Mamá también, pero no en vampiros. ¿Tú?

—No he visto ninguno, pero sí –dijo Marlon Mateo, con propiedad–. Te chupan la sangre y te convierten en vampiro. Te condenan a chupar la sangre de otra gente. Es una cadena infinita.

—Hablas bonito, Marlon. «Cadena infinita».

—Eso dice mamá: «Mi vida es una cadena infinita de desgracias».

—Pobre. La mía canta: «Luna que se quiebra sobre la tiniebla de mi soledad...».

—¿Nos vemos el sábado? Vamos a jugar contra Aguascalientes. Necesitamos al mejor portero o nos dejan escaldados.

—No puedo, Marlon.

—No nos puedes fallar, Araña Negra.

—Ojalá fuera la Araña Negra, el portero más grande del mundo. Voy a ver a papá.

—¿Te picó el arrepentimiento?

Reconocí que tenía que hablar con papá. La necesidad de hablar con él era una flecha atravesada en el pecho. Marlon Mateo no entendía el asunto: tenía a su papá en casa, viendo televisión o clavado en las páginas del periódico, pero en casa, donde su presencia al menos espantaba a los pretendientes.

—¿De vampiros?

—De vampiros y todo –dije.

Quería hablar con papá de todo. Quería pasar la noche entera conversando. Hablaríamos y hablaríamos hasta que la luz se colara por debajo de la puerta, y entonces papá diría: «Hijo mío, amanece».

—De vampiros y vecinos –precisó Marlon Mateo.

—¿Vecinos?

—Ya todo el mundo lo sabe, Alejandro. Tu mamá y el vecino.

—¿Cómo lo ves?

—Normal –dijo Marlon Mateo, y luego explicó–: Raro, pero normal.

—¿Cómo así que raro?

—No me gustan sus orejas.

—A mí tampoco –dije–. Es un vampiro.

—Como Michael Jackson. No pongas esa cara. ¿Acaso no has visto el video? Se transformaba en vampiro cuando era negro. Como que ya no lo hace.

—En hombre lobo –precisé–. Y eso no es más que un video: puro maquillaje.

—¿No es lo mismo?

—Los vampiros vuelan, los hombres lobo no.

—Ah.

—Jim Hawkins sabría qué hacer.

—¿Quién?

—Un amigo que no conoces.

—¿Entonces no vas a estar?

—El sábado, no, Marlon. ¿El fútbol te importa más?

—Que los vampiros, sí. El fútbol existe. El fútbol es pasión.

—Hablas como en la tele, Marlon Mateo.

—¿Cuándo vuelves?

—No sé, el lunes o el martes o el miércoles.

—Gerson debe de estar grandísimo.

—Harold –dije.

—Eso, Harold.

—María Fernanda dice que sí. Con unas orejas de elefante.

—Suerte, Araña Negra.
—Ojalá fuera...
—El portero más grande de Zihuatanejo.
—Nos vemos.

18

Mamá prescribió que necesitaba gafas y el resto de mi vida seré un *gafotas*. Gafas, lentes, anteojos, antiparras, ni siquiera me gusta una de estas palabras.

La cosa sucedió así. Estábamos en el centro, en el paradero, y mamá dijo que le pusiera cuidado al autobús, que no lo dejara pasar, mientras buscaba no sé qué cosa en el bolso. Por mi parte, rumiaba un pensamiento, algo que quería decirle a papá. No vi a tiempo el autobús y se me pasó.

—Ves lo que no has de ver y lo que debes ver no lo ves –sentenció mamá–. Necesitas anteojos.

Me arrastró al oculista.

No hay otra manera de expresarlo: me arrastró.

Solo le faltó que me amarrara a la silla.

Y todo porque se me pasó el autobús.

El doctor me enseñó un cartel con letras de distintos tamaños. Vi las grandes sin dificultad, también las medianas. Pero las pequeñas... Ni Superman las hubiera visto. El doctor colocó sobre mi rostro una armazón metálica para extraterrestres y durante gran parte de la tarde, o al menos eso me pareció, se dedicó a probar con qué vidrios veía mejor.

Creo que los doctores necesitan mantener la clientela y se inventan las enfermedades.

—No se trata de ninguna enfermedad –dijo mamá–. Tienes miopía. Leve, pero miopía al fin y al cabo.

Y al día siguiente me convertí en un *gafotas*.

Ahora solo me falta volverme loco.

19

—Qué bueno que hayas venido –dijo papá, y me abrazó.

No había sido difícil. Sólo le dije a mamá: «Voy a ver a papá». Ella dijo: «Me parece bien». Organicé el equipaje y fui a la terminal. Tres horas después estaba en Coyuca, donde papá me esperaba para llevarme a su casa en la vieja camioneta. Se decía que las calles de Coyuca conducían al cielo. Al menos eso hicimos, subir, y con tanto afán como si estuviesen a punto de cerrar las puertas. Bebí paisaje mientras conversábamos, bebí la luz, bebí el mar.

—Ya eres todo un caballero.

—¿Lo dices por los anteojos?

Me imaginé con armadura, espada, escudo y anteojos.

—Nadie va así a la guerra –dije–. Uno no puede parar la batalla porque el sudor le empaña las gafas y necesita un pañuelo.

—No me refería a los caballeros medievales sino a los otros.

—Los que las prefieren rubias.

—Rubias, morenas, negras –bromeó papá–. ¿Pesan?

—Marco de carbono y lentes de plástico –dije–. Superlivianas.

—Suerte para tu nariz y regocijo para tus ojos.

—Se acabó mi carrera futbolística –anuncié–. ¿Has visto un portero con anteojos?

Papá se rió.

—Pues te quitas los anteojos –dijo.

—¿Y si no veo el balón?

—¿Cómo has hecho hasta ahora, Araña Negra?

—Soy adivino.

—Tal vez tengas mejor futuro como adivino. Podría diseñarte un cartel así de grande: *Alejandro Corozal, adivino profesional*.

—En todo caso, no seré boxeador –suspiré.

—No quiero verte con las narices chatas.

—Ni con las gafas rotas. Gastarías una fortuna. Tal vez eso es lo que te preocupa.

—¿Torero?

—El Torero Miope. El Niño de la Miopía. Jamás saldría por la puerta grande.

—¿Gimnasta? –consideró papá–. Menos.

—Ni trapecista. Ni nadador. Ni mucho menos salvavidas.

—Imagínate al ahogado agarrado como un mono de tus anteojos. O peor aún, imagínatelo ayudándote a buscar los anteojos en el agua antes de solicitarte con toda educación que le salves la vida.

Nos reímos como locos.

De pronto me sentí mejor.

Tuve ganas de abrazar a papá.

Pero no el valor de hacerlo.

Papá me miró de una manera bonita. Algo adivinó porque tocó mi hombro.

—¿Y las mujeres?

—Peleando por la moto –dije.

—Te digo un secreto: me asusta el cuento de la moto.

Bonita casa, grande, grandísima, toda rodeada de árboles, en la parte alta de Coyuca.

Helena, descalza, con Harold en sus brazos, abrió la puerta del garaje.

Un patio de piedra y una fuente.

Vi que papá había trabajado a gusto: esculturas por todas partes.

Papá se veía bien, alegre y tostado por el sol, como un adolescente, como si se pasara la vida en una tabla sobre las olas.

Me enseñó una revista con fotos de su última exposición.

Papá hacía esculturas cada vez más monumentales. Pronto necesitaría otra casa. Más arriba, más grande.

Coyuca era una delicia, una eterna primavera.

Papá me llevó al balcón a contemplar la tibieza del atardecer y nos acomodamos en amplias sillas de mimbre. Helena me preparó una taza de café. «¿Y tú, querido?», dijo. Papá prefirió un vaso de ron. Más allá de las luces de Coyuca, el mar, llenándose de noche.

—Primero estaba el mar –dijo papá, citando una frase de algún libro–. Antes y después de nosotros.

La gente de Zihuatanejo, la gente rica, tenía una casa en Coyuca para los fines de semana y las vacaciones.

Zihuatanejo, aunque más grande y más importante, jamás sería tan bella como Coyuca.

En Zihuatanejo nunca se vería una pareja de novios paseando en un carruaje tirado por caballos. Solo las calles de piedra de Coyuca conducían al cielo de los enamorados, por supuesto.

Papá no era rico, pero tenía una casa en Coyuca.

La gente pensaba que era rico. Que vendía muchas esculturas en muchos países y que era muy famoso. A veces vendía, a veces no. Conocía unos cuantos países.

—Siempre pienso en ti a esta hora –dijo papá de pronto, después de un largo silencio.

La frase me conmovió. Disimulé las lágrimas. Helena nos había dejado solos en el balcón para acostar a Harold y preparar la cena. Papá bebió el último sorbo de ron y me invitó al taller para enseñarme con evidente orgullo su obra más reciente: una mujer dormida.

—Pero qué bueno que hayas venido –dijo, y sentí su mano en mi hombro.

—Soy un idiota –acepté.

Y le conté a papá la frase de María Fernanda: «Eres un idiota si no vas».

—Lo que pasa es que ya se te acabó el rencor –dijo papá.

Nunca habíamos dejado de tratarnos, pero tampoco habíamos sido muy amigos. Nunca fui tan amistoso como María Fernanda, que se moría por viajar a Coyuca. Se quedaba dos o tres o hasta cinco días y se pasaba una semana hablando de las delicias de Coyuca. Yo no. Nunca antes había visitado a papá.

Como él debía responder una carta urgente, dije que tenía un duelo pendiente con *Los tres mosqueteros*. Revoltosos y desaliñados, borrachos y pendencieros, retuercen los bigotes con altanería y resuenan sus espuelas en las tabernas, con su espada se enfrentan a muerte a los guardias del cardenal Richelieu, por cualquier motivo, y se rinden sin condiciones a las mujeres hermosas. No persiguen la riqueza sino la gloria. Desenvainan la espada con igual diligencia por su majestad Luis XIII o por el honor de una dama.

Me esperaba un divertido capítulo de caballos.

Después del viaje que hizo a Inglaterra para salvar de un apuro a la reina, D'Artagnan sale de París con cuatro caballos a buscar a sus amigos. Los encuentra uno a uno y les reparte los magníficos caballos. Porthos, en cama, se recupera de un duelo; Aramis, en otra de sus crisis religiosas, discute con un par de teólogos mientras Athos, después de una pelea espectacular, se ha encerrado en una bodega a despachar el vino y las salchichas, el tocino y los jamones.

En la terminal de Zihuatanejo había leído un párrafo terrible. Borracho y trastornado por el prolongado encierro en la bodega, Athos le confiesa a D'Artagnan:

«El conde, un gran señor, con derechos de horca y cuchillo sobre sus tierras, acabó de desgarrar los vestidos de la condesa, le ató las manos a la espalda y la colgó de un árbol».

Al día siguiente, D'Artagnan trata de averiguar la verdad de la historia y Athos se escuda en la borrachera. Alega que de pronto dijo muchas cosas locas. «Tengo el vino triste», dice. ¿El conde y Athos son la misma persona? D'Artagnan se queda con la duda porque el capítulo se desvía a los caballos. Athos no solo ha jugado a los dados su caballo, obsequio reciente de D'Artagnan, sino también el de su amigo. Se salvan las monturas, que durante el regreso deben cargar los criados sobre su cabeza, mientras los señores montan los caballos de los criados. Para completar la mala hora, luego se sabe que Aramis y Porthos han malvendido los preciosos obsequios de D'Artagnan. De esta manera, el joven D'Artagnan, que salió a buscar a los mosqueteros con cuatro magníficos caballos, regresa a París con sus amigos pero sin los caballos.

20

Olía a rico. La mujer de papá sabía cocinar. Y era muy amable. Y muy joven, como de veinte años. Papá le había dado sus rasgos a la mujer dormida.

—Tu mamá me contó que tienes problemas con el vecino –dijo papá.

—No me gusta.

—¿Es mala persona?

—No hasta ahora.

—Eres el caballero miope entonces, y sales a recorrer el mundo para salvar a las mujeres indefensas.

—No tanto así –dije–. Jim Hawkins sabría qué hacer.

—Robert Louis Stevenson siempre sabía qué hacer.

—¿Lo has leído?

—¿*La isla del tesoro*? Tres veces nada más, cada diez años. *El extraño caso del doctor Jekyll y Mister Hyde*, veamos, como tres veces también.

—¿*El diablo de la botella*?

—Dos veces.

—¿Stevenson es mejor que Stoker?

En el último cumpleaños, papá me había regalado *Drácula* y, de paso, una semana de pesadillas.

—Aunque *Drácula* merece un sitio aparte, es el único libro que ha sobrevivido de Bram Stoker. No se le puede comparar con Stevenson.

—*Drácula* me fascina –dijo Helena.

—El conde Drácula es tan famoso como la Bella Durmiente –dije.

—El conde Drácula y la Bella Durmiente, bonita pareja escogiste –dijo Helena.

Le pregunté a papá la razón de sus relecturas.

—Se me olvida, se me desdibuja el libro. Además, no siempre es el mismo. Así como uno no se sumerge dos veces en el mismo río, no se lee dos veces el mismo libro. Uno ya no es el mismo. Ya aprenderás ese placer. Leí por primera vez *El túnel*, de Sábato, como a los quince años, y me horroricé con el crimen de Castel. No entendía, no admitía que hubiera matado a esa mujer. Volví a leer el libro después de los treinta y la historia me pareció tan natural, tan lógica.

—Gracias por lo que me corresponde –dijo Helena con fingido asombro.

—No soy Juan Pablo Castel –dijo papá–. ¿Sabías que Stevenson murió a la edad que tengo ahora?

—No –dije–. ¿Cuántos?

—Ochenta y ocho –dijo Helena, feliz.

—La mitad –precisó papá–. Stevenson tenía cuarenta y cuatro años cuando murió, en la isla de Upolu. Apenas tenía treinta años cuando escribió *La isla del tesoro*, a razón de un capítulo diario. Y pensar que a los ocho todavía no sabía leer ni escribir.

Señalé que aparte de la mamá de Jim y una negra que nombran por ahí, la esposa del siniestro John Silver, no había mujeres en la novela.

—Por petición de Lloyd Osbourne, un hijo del primer matrimonio de la mujer de Stevenson.

—Vi su nombre en la dedicatoria.

—Stevenson inventó la historia para Lloyd, entonces de trece años, y se la dedicó. *El cocinero de a bordo*, se llamaba en un principio, refiriéndose a John Silver, por supuesto, el pirata del loro al hombro y, según veo, el personaje principal, por encima de Jim Hawkins. Stevenson publicó la historia primero en una revista y luego, creo que en 1883, en forma de libro, por suerte, con el título que la conocemos.

—¿Y Conrad?

—¿Qué pasa con Joseph Conrad?

—¿Lo has leído?

—Todo –dijo Helena.

—Todo –dijo papá.

—¿Y Dumas?

—Alejandro Dumas, casi todo –dijo Helena.

—Qué va –dijo papá–. Dumas publicó más de mil doscientos títulos.

—¿*Los tres mosqueteros*?

—Le gusta más *El conde de Montecristo* –dijo Helena.

—Así es –confirmó papá–. Una obra maestra.

—¿Mamá te enseñó estos autores?

—Leía a Corín Tellado y Marcial La Fuente cuando la conocí. Pero no se lo recuerdes.

Escritores baratos. Papá me explicó que Corín Tellado escribía novelas rosa para las revistas de vanidades, y Marcial La Fuente, historias de vaqueros para leer y tirar a la basura, como novelas de playa o algo así.

—Entonces no te consta que el vecino sea mala persona, al menos hasta ahora –dijo papá, que, al igual que mamá, no soltaba la presa fácilmente–. ¿Helena te parece mala persona?

—No. Cocina muy bien.

—Lo dices porque estoy aquí –apuntó Helena.

—Lo digo en serio.

—¿Quieres repetir?

Repetí, por supuesto.

—¿Te gusta Harold? –dijo papá.

—No es lindo, pero me gusta.

Helena soltó la risa. Dejó escapar unos granos de arroz de su boca y se disculpó.

—¿Pero cómo se te ocurre decir que no es lindo? –preguntó papá de nuevo.

—Con esas orejas.

Helena reía.

—¿No te gustan sus orejas? –dijo papá.

—Ni su nariz.

—Es tu nariz. Mírate al espejo. Todos los Corozal tenemos la misma nariz.

—Déjalo en paz, Bernardo –dijo Helena–. No le van a quedar ganas de volver.

—No me gusta esta nariz –dije.

—Puedes recurrir a la cirugía –señaló papá.

—¿Será muy caro? –pregunté

No hablaba en serio, por supuesto.

Nos reímos.

Le pregunté a papá si podía darme una lección de ajedrez.

21

Papá desempolvó un tablero y jugamos un rato. Aprendí a mover las piezas. Aprendí algunas jugadas.

—¿Crees que los vampiros vuelan? –pregunté.
—Como las brujas.

Moví la reina y la perdí.

—Si pierdes la reina, pierdes el reino –dijo papá.

Me devolvió la reina y pensé en otro movimiento.

—¿Entonces crees que el vecino es un vampiro?

—Tengo mis sospechas –dije–. Le crecen las orejas y los colmillos, le fastidia la luz, lo persigue la niebla y me asusta en los sueños.

Perdí un caballo. Fue inevitable. Me concentré en mantener a salvo la reina y descuidé las otras piezas. Si pierdes el reino, pierdes la reina, supuse. Demasiado complicado ese mundo mental, demasiados asuntos que atender. Tragué saliva, señal de peligro.

—¿Entonces tienes pesadillas? –preguntó.

—Sueño que el hombre entra a mi cuarto, a veces por la ventana, a veces por debajo de la puerta, como niebla, y que luego se convierte en lobo y me quiebra el cuello.

—De niño veía un fantasma en el patio –dijo papá.

El otro caballo estaba en evidente peligro.

Volvería a perder la reina.

—Con sombrero y tabaco –precisó papá–. Lo vi desde la cocina y corrí a avisar. Papá se levantó en calzoncillos y recorrió el patio con un machete en la mano. No encontró a nadie y nos fuimos a dormir.

No podía hacer nada por ese caballo.

—¿Volviste a verlo?

—Todas las noches –dijo papá–. Con el tabaco prendido. Con la cara sombreada por el ala del sombrero. Cierro los ojos y todavía lo veo.

Mi reino por un caballo. ¿De quién sería la famosa frase?

—¿No volviste a decir nada?

—No –dijo papá–. Me acostumbré a verlo. Una noche sentí pasos en el corredor. Corrí al cuarto de mis padres y dormí con ellos.

—¿Y después?

Adiós, caballo.

—Después nos fuimos –dijo papá–. Era una casa vieja y ajena. La derrumbaron para hacer una de dos pisos. En el patio encontraron un entierro, monedas de oro antiguas. Debajo del durazno. Los dueños de la casa se volvieron ricos y se fueron del país. Entonces en la familia dijeron que el fantasma era el centinela del tesoro, que el tesoro era para mí, que el fantasma trataba de decirme que lo desenterrara.

—Pero no te dijo nada.

—Tal vez no hablaba español.

Nos reímos.

Se hacía tarde. Perdí la reina y la partida.

—Vamos a dormir un rato, a chupar ojo antes de que lleguen los vampiros –dijo papá.

En la cama despaché tres capítulos de mosqueteros. Era la primera noche que pasaba en casa de papá. Dormí bien. En algún momento de la noche vino Helena y me acomodó la manta.

22

Fui con papá a la playa. Hicimos una sirena inmensa. Helena le daba pecho a Harold debajo de una sombrilla. De vez en cuando nos alcanzaba una Coca-Cola y examinaba con ojo crítico nuestra obra. «La arena descubre posibilidades asombrosas en manos de dos virtuosos cuyos nombres ya no se pueden ignorar en el panorama artístico», dijo, feliz. Tuve ganas de quedarme a cuidar a la sirena toda la noche. La imaginé muerta de frío. Luego supe que la marea subiría y que la sirena regresaría al mar en millones de granos y que otro día de playa volvería a nacer de nuestras manos.

23

Salí a caminar sin rumbo fijo por Coyuca. Habitado por una extraña dicha, por un sosiego inexplicable, recorrí las antiguas murallas, antes defensa contra los piratas y ahora refugio de enamorados. Las negras ya habían instalado sus ventas de fruta y pregonaban sus delicias, pero aún no se habían despertado los enamorados que paseaban en carruajes tirados por caballos.

El día era precioso.

La luz casi se podía saborear. Luz para pintores.

Una pareja de japoneses se tomaba fotos en el parque. Quisieron una foto juntos y me pidieron el favor. Un francés me preguntó por un restaurante, pero no pude ayudarle. Le señalé el vendedor de limonada de la esquina. Una mujer rubia leía el diccionario en un banco.

Con razón mi padre vivía en Coyuca. No solo era la luz. No solo los colores de las casas, tan locos. Hasta el sol era distinto en Coyuca. Un sol para partir en pedacitos sobre el plato y probar con mantequilla. Y venía gente de todo el mundo.

Tan embobado andaba que no vi ni sentí la bicicleta.

El nudo se hizo y se deshizo en un segundo. Caímos. Los lentes rodaron sin romperse.

La muchacha se levantó primero y se disculpó, toda avergonzada. Me levanté, recogí los lentes y me limpié las ropas como si nada. Vi que era bella. Una Barbie. Más bella. Y hablaba español. Se le entendía todo. Levantó la bicicleta como si nada, indiferente al raspón de la rodilla.

—Es mi culpa, iba pensando en mis cosas –dije, para atajar el chorro de disculpas.

—La culpa es mía, iba a toda velocidad. ¿Se hizo daño?

—Solo en mi orgullo. ¿Y usted?

—Solo en la vanidad –dijo la muchacha, toda luz, toda infinita, y sonrió.

Subió a la bicicleta y se alejó para siempre.

En el fondo, quise que me volviera a atropellar.

Volví a la casa de papá con pensamientos deliciosos. Y una leve cojera.

Una muchacha estaba llamando a la puerta. Delgada y linda, más alta que yo, con el ombligo al aire. Definitivamente era el día de las muchachas hermosas. Ya me habían dicho que en Coyuca abundaban.

—¿Tú no eres el hijo de Bernardo Corozal?

Y también hablaba español.

—Lo soy –dije, en perfecto español.

—Soy la hermana menor de Helena. ¿Nos parecemos?

No se parecían, pero me dio pesar decírselo. Ambas bonitas, pero distintas. Papá se podía enamorar de cualquiera de las dos.

—Misma mamá, distinto papá –explicó–. No nos parecemos en nada. ¿Vives en Zihuatanejo?

—Con mamá.

—¿Por qué no te vienes a Coyuca? Hasta el aire es más bello en Coyuca. Vivo en Italia con papá. Solo vine de vacaciones. Ya me voy. Me voy mañana.

Volvió a llamar al timbre.

—Estos dos siguen en luna de miel –dijo.

Helena nos abrió con una toalla en la cabeza.

—Bernardo nunca abre la puerta, se encierra en el taller hasta que lo acosa el hambre –dijo–. Ah, ya se conocieron.

—Apenas –dije.

—Estamos en eso –dijo la hermana de Helena–. Soy Carol.

Me dio su mano.

Sentí la tibieza de sus dedos.

La dulzura.

—Ojalá tuvieses tres o cuatro años más –dijo Carol.

—Carol, por favor –protestó Helena–. Alejandro es apenas un niño.

Carol soltó la risa.

Canicas que se riegan en el patio.

—Soy una loca –dijo–. Seré una venerable anciana cuando tengas bigote. Vine a despedirme, hermanita.

—Adelantaste el viaje.

—Ya te lo dije: viajo mañana.

—Te llevo al aeropuerto.

—No te preocupes –dijo Carol–. Cedí ese honor a un club de admiradores.

—Pero tienes tiempo para una limonada.

—Tengo tiempo –dijo Carol–. ¿Cuándo pasas por Florencia, Alejandro?

—Carol –protestó Helena.

—Florencia tiene cosas lindas –dijo Carol, y soltó otra vez la cascada de su risa–. Yo, por ejemplo.

24

Cuando volví a casa había terminado *Los tres mosqueteros*, y traía sin abrir *El conde de Montecristo*.

—Nicolás sabe que te gustan los libros gordos –dijo mamá.

Me había dejado en la sala *Los miserables*, de Víctor Hugo.

—Lo que le pasa a un hombre por robarse un pan –dijo mamá.

—¿Todo eso?

Mamá soltó la risa.

—Por lo menos ochocientas páginas.

—Ochocientas cuarenta páginas de desgracias –precisó mamá–. Te saldrá bigote mientras lo terminas.

—Mamá.

—Dime.

—Helena es linda.

—Cállate –dijo mamá, y luego añadió–: Tu papá siempre ha tenido buen ojo. Es un artista, ¿no?

Mamá era bonita. Con más años, pero bonita bonita.

Papá le había echado el ojo alguna vez.

25

Estaba solo en casa.

El pez de piedra, un huachinango, obsequio de papá, dormía sobre el mar de vidrio de la mesa de la sala.

Había pasado casi una semana con papá. Me había divertido. Volví de Coyuca con tres maletas, como María Fernanda, con dinero para el taxi y los caprichos, con *El conde de Montecristo*, un ajedrez nuevo y la pequeña escultura de piedra, el huachinango dormido en un mar invisible, revistas y, por supuesto, plátanos. Volví a Zihuatanejo riéndome solo, con la arena en las orejas, como se dice. Hasta me despedí de las palmeras borrachas de sol:

—Nos vemos pronto, preciosas.

—No traigas ningún libro la próxima vez –dijo papá al despedirnos–. Porque te voy a presentar al más grande de todos los escritores.

Lo llamé tan pronto llegué a casa, y solo dijo:
—Dostoievski.

«Con la arena en las orejas» es una expresión que describe a la persona que regresa de vacaciones y no para de hablar de sus deliciosas experiencias y no quiere oír hablar de otra cosa que no sea su propia dicha. Solo con el tiempo la emoción se desgasta, la arena se sale de las orejas y entonces la persona presta atención a la vida ordinaria. Y la vida vuelve a ser lo que era.

Mamá, que había pensado que no regresaría, me hizo una pequeña fiesta. Todo el día me llamó «tesoro». Me regaló un suéter de cuadritos, como para jugar ajedrez. Me pintó un paisaje que colgó junto a mi cama. Mamá pintaba paisajes en el cuarto de la muchacha mientras cantaba: «Luna que se quiebra sobre la tiniebla de mi soledad...». De Agustín Lara, por supuesto. Paisajes baratos para las tiendas de artesanías. Mamá no era tan grande en el mundo del arte, no salía en las revistas. Pintaba a toda velocidad casi siempre el mismo paisaje: una casita, un río, el crepúsculo y un par de gaviotas. Uno parpadeaba y mamá ya tenía otro paisaje. Creo que podría pintar con los ojos cerrados. «Cuando sea viejita quiero vivir en ese sitio», decía. «¿No es hora de que compres el pasaje?», decía mi hermana para hacerla enojar. Tal vez entonces escribiría la biografía del loco enamorado que qui-

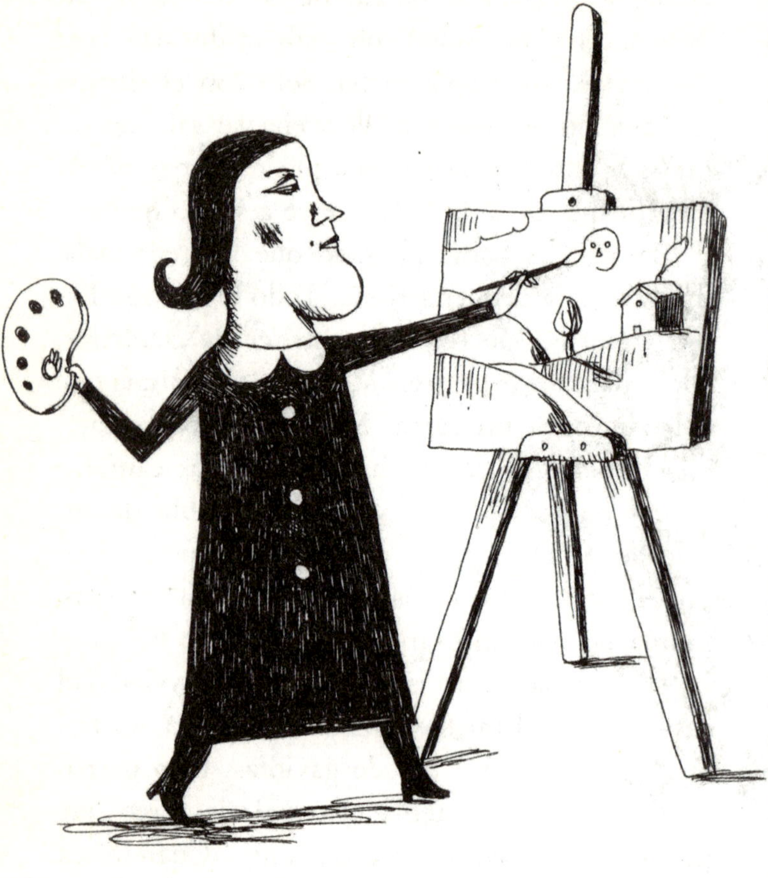

so traer el mar a Zihuatanejo, el lejano Elías Buenaventura. Mamá vivía sin prisas, sin desesperos. No le faltaba el dinero de los caprichos. Podría viajar donde quisiera, pero prefería nuestra compañía. De vez en cuando visitábamos los pueblos vecinos y comprábamos cositas.

Después de la fiesta todo volvió a la normalidad. María Fernanda con su novio y su motocicleta, ambos con sus pintas estrafalarias, recorriendo las calles como locos. Mamá con el vecino y los paisajes. Y yo con mis libros y la bicicleta. La vida seguía tal cual.

La vida siguió tal cual hasta que llamaron al timbre y corrí a abrir.

Tropecé con la criatura más linda de este mundo.

—Perdón –dijo–. ¿No es la casa de Nicolás Axuxuntla?

Delgadita, el pelo negro y corto, las pestañas inmensas.

La vida ya no sería la misma.

—Axu... qué.

—Axuxuntla.

—Si se trata de un Nicolás que acaba de llegar, es aquella. ¿Por qué?

—He venido a pasar unos días con papá.

Entonces, como adivinando, Nicolás Axuxuntla abrió la puerta de su casa y gritó:

—Hija, ven.

—Ese es mi papá, profesor de álgebra y aprendiz de mago.

La niña más linda del mundo hizo el principio de una venia y la mueca de quien huele algo.

—Con permiso.

Se encontraron a mitad de camino.

Se abrazaron.

El hombre tomó la maleta y fueron abrazados hasta la puerta.

El corazón me brincaba como un sapo.

Acababa de enamorarme.

Acababa de enamorarme de la hija del vampiro.

26

Volví al balcón. Leí con un ojo en la revista y otro en la casa de Vanessa Axuxuntla.

La vi salir a la tienda.

Me vio.

Me hizo adiós con la mano.

Bajé corriendo y salí de la casa en bicicleta.

Ya venía de la tienda.

Pedaleé despacio.

Le dije adiós.

Me respondió.

Doblé la esquina y me sentí estúpido.

¿Por qué no le dije otra cosa?

¿Por qué no le hablé?

¿Pero de qué?

¿De qué se habla por primera vez con una niña hermosa?

Necesitaba asesoría.

¿De quién?

¿Existía un libro para enamorar?

¿Serviría un poema?

Copié en tinta verde uno de Pablo Neruda y, con el corazón en la boca, lo empujé por debajo de la puerta de su casa y salí corriendo.

En la noche la vi salir de *La Gata de Oro* con su padre, saboreando un helado, pero me escondí a tiempo.

¿Existía algo para el temblor de piernas?

¿Y para el corazón?

Me acordé de una frase de una de las primeras páginas de *Los tres mosqueteros*: «Tu madre añadirá la receta de cierto bálsamo que le enseñaron a preparar unas gitanas y que posee la milagrosa virtud de curar cualquier herida que no afecte al corazón».

27

Volví a jugar.

Sin lentes, por supuesto.

Habíamos perdido por goleada contra Aguascalientes y necesitábamos el dulce sabor de la victoria.

Tapé como nunca.

Atrapé balones que parecían imposibles.

Marlon Mateo me regaló una flor preciosa:

—Fuiste más Araña Negra que nunca. ¿Cómo lo hiciste?

Expliqué que me habían salido alas.

—¿Cómo vas con el vecino?

—Ya no me cae tan mal –dije, limpiándome el sudor.

—Estás bajando la guardia –dijo Marlon Mateo–. Las consecuencias del amor.

—Otra frase de tu mamá.

—¿Cómo lo sabes?

Destapé la botella y me eché un sorbo grande.

—¿Cuáles consecuencias? –pregunté.

—El amor es una desgracia.
—Otra frase...
—De mi mamá. Ya vi la niña. Qué linda, ¿no? Con razón te salieron alas.
—¿Cuál niña?
—No te hagas, nadie te la va a quitar. ¿De verdad necesitas lentes?
—Mamá dice que sí, que veo cosas raras.
—¿Doña Elisa te compró lentes porque ves cosas o porque no las ves?
—Ambas cosas.
—¿Quién entiende a las mamás?
—Nadie.

28

El teléfono sonaba cuando abrí la puerta.

Descolgué de inmediato.

—Tapas mejor que la Araña Negra –dijo una voz preciosa.

Arriba, María Fernanda y mamá continuaban la pelotera del mediodía.

—Es una moto, no un viaje a Miami –dijo María Fernanda.

—Sería preferible –dijo mamá.

—¿Quién? –dije.

—La Araña Negra –dijo la voz preciosa.

—Digo que con quién hablo.

—Vanessa Axuxuntla, la vecina.

—¿Quién es? –gritó María Fernanda–. Si es Bar, que luego lo llamo.

Dije que la llamada era para mí, y agregué en voz baja:

—¿Cómo sabes?

—¿Qué cosa? –dijo Vanessa.

—¿Quién soy?

—Alejandro Corozal, acabas de entrar a tu casa –dijo Vanesa–. Con o sin lentes, te ves bien.

—Al menos espérate a que entres a la universidad –dijo mamá.

—No quiero una moto para la vejez, mamá.

—¿Cómo sabes de la Araña Negra?

—Leo revistas –dijo Vanessa–. «La Araña Negra, el portero más grande del mundo.» ¿No es así? «La Araña Negra tapa con los ojos vendados.» Lástima que sea inglés. *Black Spider*. ¿Están peleando? Se oye en todo el barrio.

—Mi hermana quiere una moto y mi mamá no. Me están volviendo loco. ¿Quién te dijo que soy portero?

—Te vi hace un rato en la cancha –dijo Vanessa.

—Yo no.

—Soy invisible –dijo Vanessa–. Como ahora, ¿ves? Me oyes y no me ves.

—¿Me veo bien con gafas?

—Ya te dije. Y tienes bonita letra.

Sentí las orejas calientes. No supe qué decir. Me revolqué como un gato en el sillón.

—Papá preguntó si ya tenía admiradores en el barrio. Quería saber quién metió el poema por debajo de la puerta. «El viento», le dije. Eres el viento. ¿Te gustan las fiestas?

—Sí. ¿Por qué?

—Diciembre llega con fiestas.

—¿Vienes a quedarte o por unos días?

«He venido a pasar unos días con papá», había dicho Vanessa en la puerta. Desde el fondo del alma esperé una corrección.

—No lo sé –dijo–. Vivo con la abuela, pero está cada vez más loca. Me divierte, pero a veces me desespera.

—No, no y no –dijo mamá.

Pregunté por las locuras de la abuela.

—Se pinta como un payaso, pone música todo el día, pelea con un novio que tuvo a los quince años, un marinero francés. Pelea en francés, por supuesto. Dice que va a terminar con los amores y que, por favor, no le ruegue, imagínate. El pobre se murió hace como veinte años.

—Preferiría que te compráramos un coche –dijo mamá.

—No quiero un coche, mamá, quiero una moto, de dos ruedas, sin techo.

Oí que María Fernanda zapateaba. Luego bajó y salió a la calle sin despedirse.

—¿No puedes hacer nada? –pregunté.

—El otro día le mandé a mi amigo invisible –dijo Vanessa.

—¿Y qué?

101

—El marinero le dio una paliza –dijo Vanessa.
—Cuánto lo siento.
—Papá me necesita en la cocina, debo colgar, nos vemos.

Colgué.

La Araña Negra, nada más ni nada menos.

Mamá bajó a la cocina a prepararse un café.

—Soy el portero más feliz del mundo –dije.
—¿Qué bicho te picó? –dijo mamá.

29

La luz de la tarde se hizo más tibia, más dulce, cuando la vi, sentada en un banco del parque, repartiendo manotadas de trigo a las palomas. Me detuve a tiempo, me escudé detrás de un árbol para contemplarla a mi antojo. La vi terminar la bolsa de trigo, la vi levantarse y desperezarse, la vi girar como una bailarina, la vi alejarse. Pude correr y alcanzarla. Pero no quise perturbar la dicha, el conejito que brincaba en mi corazón.

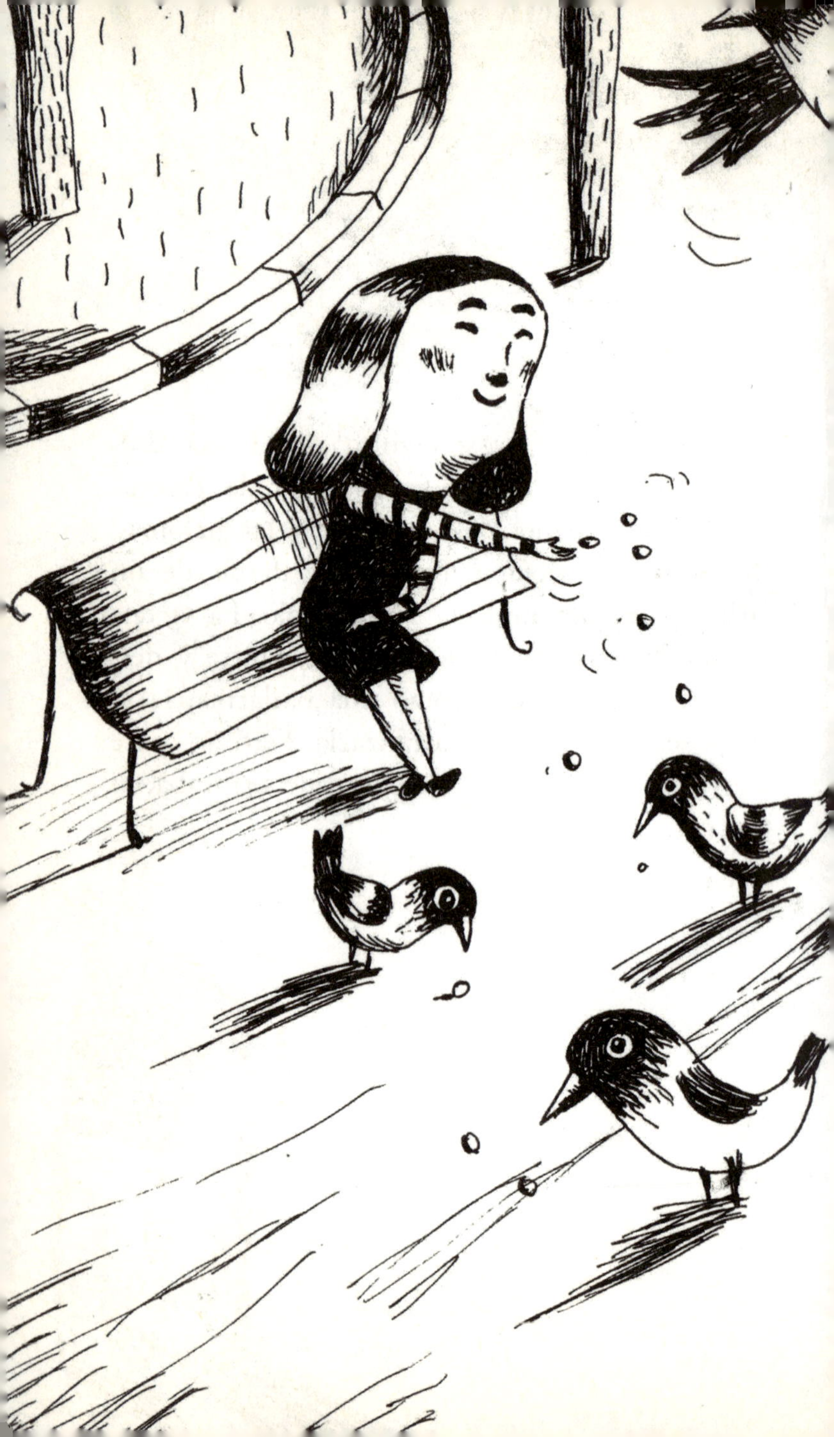

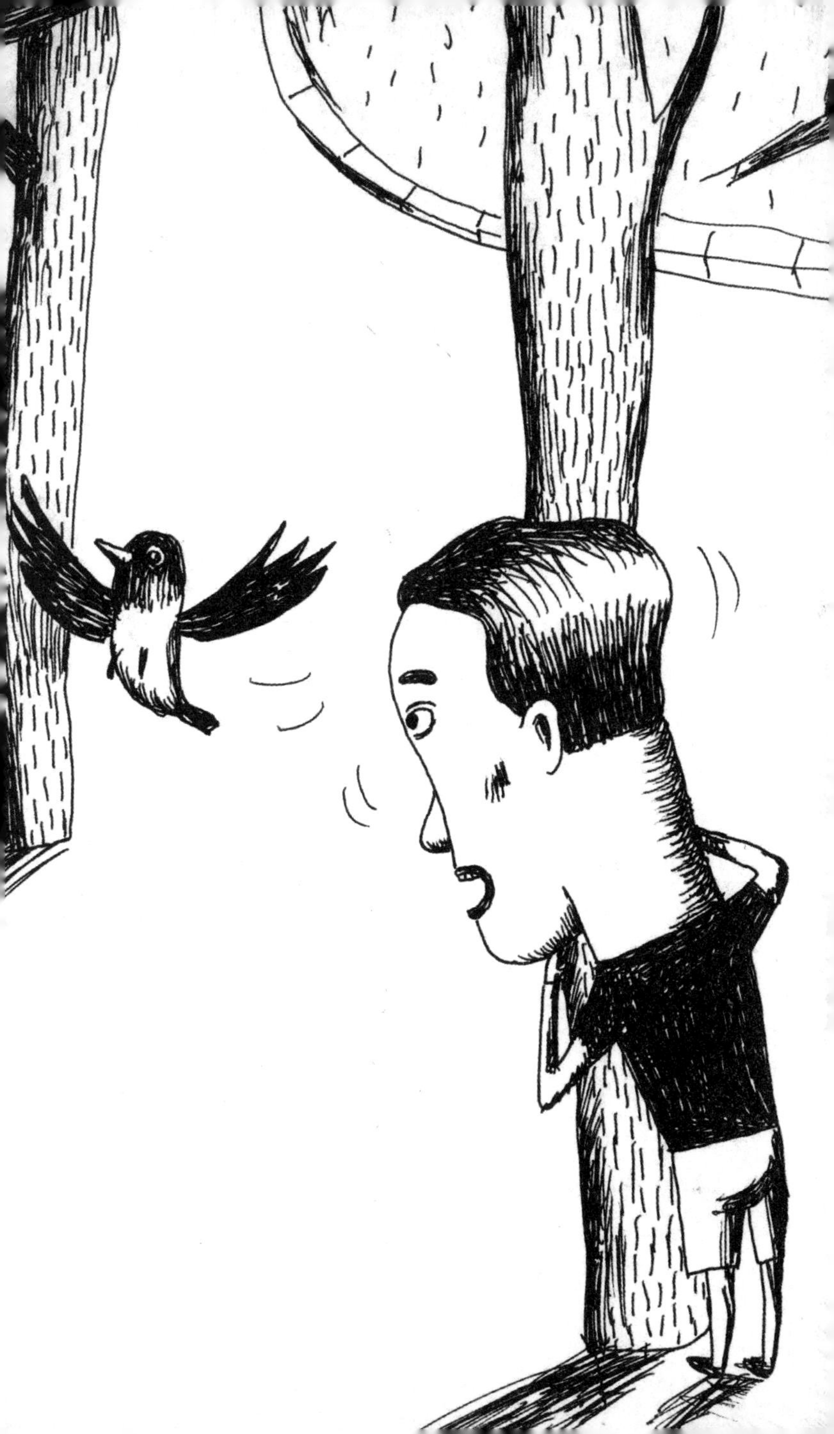

30

No había mujeres en *La isla del tesoro*, pero Jim Hawkins se hubiera enamorado de Vanessa Axuxuntla.

Los piratas no peleaban por mujeres sino por riquezas.

Menos ambiciosos, los mosqueteros se rendían ante las damas como caballeros medievales. Pero no todas las mujeres eran buenas. Intrigaban como los hombres, mentían, engañaban a sus esposos.

Soñé con el joven D'Artagnan. Soñé que íbamos a rescatar a Vanessa Axuxuntla de las garras del dragón. Athos, Porthos y Aramis acudían en nuestra ayuda. El dragón estaba perdido.

—Tengo tanta hambre que me comería un caballo –dijo Porthos.

Me desperté diciendo esa frase.

Bajé corriendo a *ratonear* en la cocina.

Mamá me sorprendió con un vaso de leche y un pan untado de mantequilla.

—¿Amaneciste con hambre de caballo, tesorito? –dijo.

31

El amor da hambre.

Era mi último descubrimiento. Veía televisión, leía, pateaba el balón o pedaleaba para distraer el hambre, pero no, el hambre me seguía como una sombra.

—Pronto seré la hermana del gordo Alejandro –sentenció María Fernanda, que mantenía a su lado el paquete de galletas siempre que veía televisión. Me enseñó el hombro izquierdo. Se había mandado tatuar un pequeño murciélago–. Mamá todavía no lo sabe, sapito.

Traté de leer cualquier cosa y me quedé en un solo párrafo.

Aún no me decidía por *Los miserables*. Aún no destapaba *El conde de Montecristo*. Pero lo tendría leído antes del próximo viaje a Coyuca. Y entonces estaría listo para el tal Dostoievski.

Vi algo de tele. No pude seguir la trama de la película. María Fernanda me preguntó si tenía pulgas.

Busqué el tablero de ajedrez que me había regalado papá, pero la partida me quedó grande. Además, eso de jugar contra uno mismo complicaba las cosas. Uno le hace trampa al otro.

Oí algo de música.

No me sentí mejor.

Salí a caminar.

Caminé, caminé, caminé, masticando chicle, rumiando pensamientos.

Soy el burro de la desolación, pensé.

No, el caballo del desespero.

No, el unicornio de la impaciencia.

María Fernanda hubiera dicho: «No eras más que una vaca mascando chicle».

Compré un helado de mandarina y volví a casa.

Mamá no estaba.

María Fernanda se maquillaba de la manera más extraña. No quise interrumpirla. Oí la moto de Bar y María Fernanda gritó una despedida.

Al rato llamaron al timbre.

Estuve a punto de caer muerto. Era Nicolás con su traje de vampiro, con la sangre escurriéndole. Solo pensé en mamá. Acababa de matarla. María Fernanda ya era una de sus discípulas: la había marcado en el hombro. Ahora venía por mí, el pobre huérfano. Me pellizqué. Supe que no se trataba de ningún sueño.

No me salvaría el amanecer.

—¿Elisita? –dijo el vampiro.

—Eso iba a preguntar.

—Quedé en recogerla para ir a la fiesta.

—¿Qué fiesta?

—La fiesta de disfraces –dijo el vampiro–. Me encanta disfrazarme de vampiro.

—¿No es tu ropa de trabajo?

—¿Crees que soy un vampiro?

No esperó mi respuesta. Soltó la risa. Una risa que me mantuvo los pelos de punta.

—Dile a Elisita que la espero en casa. Se nos está haciendo tarde.

Me quedé tendido en el sofá.

Que sea un disfraz, me dije, que sea un disfraz.

Que mamá aparezca con vida.

Dejaré de pensar cosas raras.

Dios mío, te lo prometo.

No más chicles ni helados ni panes con mantequilla.

Entonces entró mamá toda alborotada.

—Se me hizo tarde chismoseando con Eufemia.

La abracé y le dije que la quería.

—¿Qué te pasa? –dijo, burlona–. ¿Hiciste algún daño?

—El vampiro te espera para llevarte a la fiesta.

—Qué vergüenza. ¿Ya vino? ¿Viste que se disfrazó de vampiro para complacerte? Ya se encariñó contigo.

—No exageres, mamá.

—Me visto en un segundo y salgo.

Corrió a su cuarto.

El segundo duró como media hora.

En vez de mamá, regresó una bruja: sombrero negro de ala ancha, tacones, blusa lila y falda negra, varita mágica, collar extravagante, párpados morados, boca sangrante.

No se veía mal.

Me pareció graciosa.

—¿Qué tal el collar?

—Horrible –dije.

—Obsequio de Bartolomé.

—Está bien para una bruja.

—Está bien para esta noche.

—¿Y la escoba?

—Tengo chofer –dijo mamá–. ¿Ya comiste?

—Ya –mentí.

No quería que se retrasara aún más.

—Le dije a tu papá que le compre la moto a esa mocosa para el cumpleaños –dijo–. Me venció por cansancio. Pero no precisé cuál cumpleaños.

Me dio un beso.

—¿Ya no eres Elisa Fuentes?

—Soy Elisa Fuentes de la Dicha.

El timbre sonó como cinco minutos después.

¿Se le había olvidado algo a mamá?

Tal vez la llave.

Abrí y de nuevo vi a la niña más hermosa del universo, vestida de ángel. El ángel más hermoso del universo.

—Alejandro, vengo a invitarte a la fiesta.

—Voy –dije.

¿Cuál fiesta? Qué importaba. Iría.

—Nos esperan, estamos retrasados.

Como de la nada, Vanessa hizo aparecer un sombrero de mago y un antifaz.

—Ponte eso.

—¿De qué voy disfrazado?

—No sé de qué, pero vamos.

32

Mamá, la bruja más bella del universo, agitó su mano desde la ventanilla de la camioneta para que nos apuráramos.

Nicolás nos esperaba de pie junto a la puerta.

Hizo una venia profunda.

Luego sacó un conejo de mi sombrero y me lo entregó, agarrado de las orejas.

—¿Y ahora qué hago?

—El animalito tiene derecho a divertirse –dijo Vanessa–. Va con nosotros.

Haciendo el payaso, Nicolás nos abrió la puerta.

Y nos fuimos.

—Ya sé cuál es la magia más bonita de tu papá.

—Dime –dijo Vanessa.

—La estoy viendo.

Íbamos sentados en el puesto de atrás con el conejo.

Vanessa se mantenía a la orilla del asiento para no aplastar las alas.

Adelante, mamá reía como loca.

Nicolás Axuxuntla no paraba de hablar.

—Tu mamá debe de ser muy bonita –dije.

—Era –dijo Vanessa.

Cierto. Mamá había mencionado la viudez de Nicolás. Acababa de meter la pata. Además, Vanessa vivía con la abuela, la novia del fantasma francés. Qué bruto.

—Enfermó y sufrió mucho –dijo Vanessa.

Tuve ganas de agarrarme a puñetazos.

—¿Sabes francés entonces? –pregunté para distraerla.

—Las monjas me enseñaron. Mamá me llevó a París, pero no me acuerdo de nada, ni siquiera de los puentes.

—Yo vengo de París, me trajo una cigüeña.

—¿Entonces sabes francés?

—No.

—Entonces no vienes de París.

Solo trataba de distraerla.

«Es fácil creer en el amor cuando se ama», escribió Dumas en el capítulo XII de *Los tres mosqueteros*.

—¿Has leído a Alejandro Dumas?

—*Les trois mousquetaires* –dijo Vanessa con extremada dulzura–. Prefiero *Le comte de Monte-Cristo*.

—Pero el más grande de todos es Dostoievski.

Vanessa no expresó ningún comentario, por suerte. No sabía nada del tal Dostoievski.

Necesitaba volver a Coyuca lo más pronto posible.

Vanessa jugaba con las orejas del conejo.

—Di mi nombre –dijo.

—Vanessa Axuxuntla.

—Dilo otra vez, dilo tres veces.

—Vanessa Axuxuntla, Vanessa Axuxuntla, Vanessa Axuxuntla.

—Alejandro Corozal –dijo Vanessa, y besó las orejas del conejo–. ¿Te gusta el ajedrez, Araña Negra?

—Me encanta.

Quién fuera conejo, pensé.

—Gané un premio en el colegio. Una casa de muñecas. Mi secreto son los caballos. Con la reina y los caballos, Araña Negra, soy invencible. ¿Dominas más el ajedrez o la portería? En fin, ya veremos qué tan bueno eres. Sé que lees como loco. Me gustan los libros, pero prefiero las películas.

—¿No vamos demasiado deprisa? –dijo mamá.

—Ya estamos llegando, Elisita Fuentes de la Dicha.

—Buena gente tu mamá –dijo Vanessa.

—¿Te parece?

—Se ve.

—Espera a que la conozcas.

Vanessa hizo un gesto de asombro, de miedo, luego arrugó la nariz y sonrió.

Durante todo el camino no había dejado de mirar a la niña más bella del universo. Tuve ganas de traer el mar de Coyuca y derramarlo a sus pies. Podría arruinarme por esa niña, como Elías Buenaventura, pero no tenía más que una bicicleta, una escultura, tres paisajes y unos libros.

Del embeleso, no entendía la mayoría de sus frases. Veía el movimiento de sus labios y un rato después descifraba el significado de las palabras, como si hubiese pasado muchas noches sin dormir. No era de este mundo: había llegado al cielo. Chagall me pintaría en el aire. No, Chagall se había muerto. Tal vez mamá me incluiría en uno de sus paisajes.

—Te vas a divertir –dijo Vanessa, abrazando al conejo.

Ya me estaba divirtiendo.

¿O se lo decía al conejo?

Nicolás estacionó la camioneta frente a una especie de castillo iluminado por infinidad de bombillas de colores. Vanessa me tomó de la mano y corrimos hacia la entrada. Diablos, brujas, caballeros medievales, monstruos, llenaban un inmenso salón. Un enano se entretenía con el humo del cigarro y un jorobado sacaba pájaros de papel de su joroba. Del cielo caía papel picado. Todo el mundo brincaba. La música era un estruendo. Destripé sin querer una lata de cerveza vacía.

Mamá ya estaba bailando con Nicolás.

Vanessa acercó su boca a mi oreja:

—Qué bruja tan bonita.

Vi a María Fernanda. Bebía algo rojo. Bar la abrazaba. Ambos vestían de negro. Ella con los cabellos sueltos, y él como un erizo. Un erizo anaranjado recién salido de la peluquería.

La boca de Vanessa Axuxuntla seguía en mi oreja:

—¿Entonces crees que papá es un vampiro?

Soy el payaso de la familia. Lo pensé pero no lo dije. La oreja me ardía. Me concentré en la pista.

Nicolás bailaba como loco.

Como un muñeco con la cuerda acelerada.

Bailaba y reía.

Mamá se veía feliz.

—Vuelan –dijo Vanessa.

—Para ser un vampiro, no baila tan mal –dije.

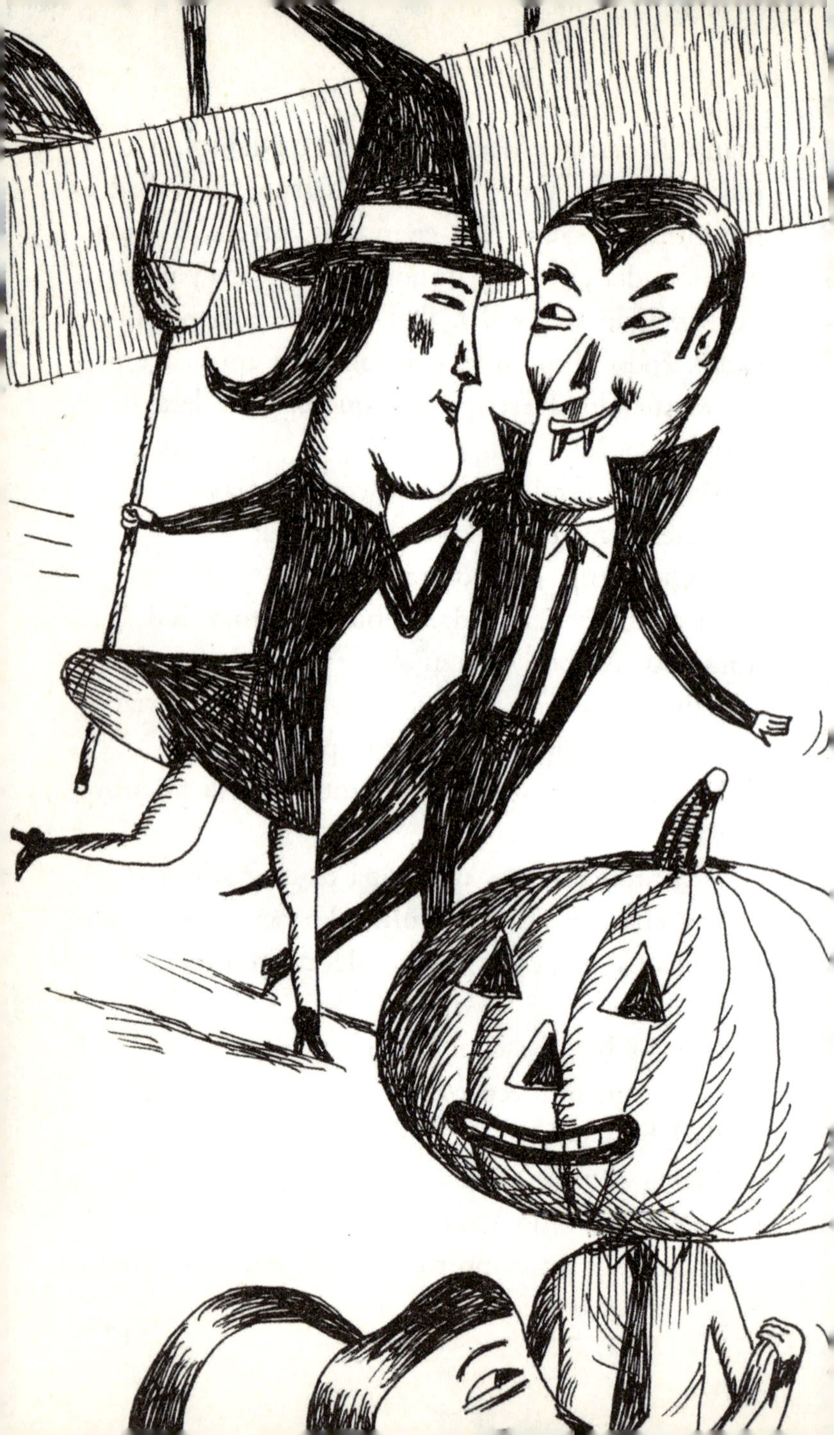

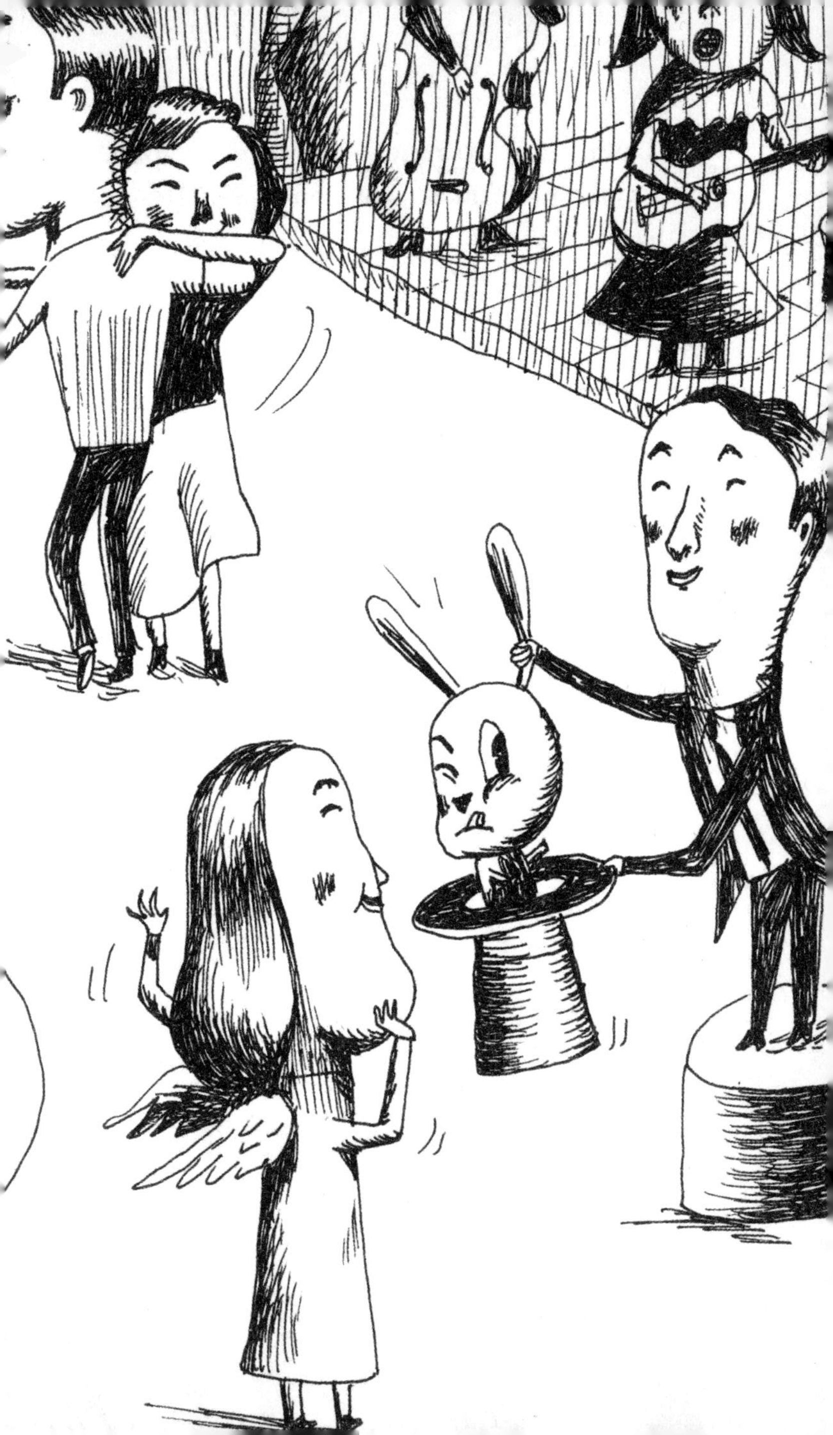

—Disculpa la pregunta –dijo Vanesa, apretando el conejo contra su corazón–. ¿Bailarías con la hija del vampiro?

—Encantado –dije.

Volamos.

Vanessa, el conejo y yo.

Acapulco, 2001
Pamplona, 2004

TE CUENTO QUE TRIUNFO ARCINIEGAS...

... vive a la orilla del camino de niebla de Monteadentro, en las afueras de Pamplona, Colombia. En otros tiempos, Triunfo fue maestro de escuela y, durante los recreos, casi invisible, se quedaba escuchando atentamente a sus alumnos. Quizá ese es el secreto por el que este escritor retrata tan bien a los niños de sus novelas. El amor de Triunfo por su profesión y por la literatura es tal, que no duda en afirmar que «cada página escrita es una declaración de amor a la vida».

Triunfo Arciniegas, Magíster en Literatura de la Pontificia Universidad Javeriana, nació en Málaga, Colombia. Dirigió durante diez años el teatro de niñas La Manzana Azul. Es autor de más de treinta títulos, muchos de los cuales han sido reconocidos con diversos y prestigiosos premios de literatura.

¿QUIERES LEER MÁS?

¿TE APETECE LEER UNA NOVELA DONDE PUEDE QUE EL VECINO DE LOS PROTAGONISTAS SEA UN VAMPIRO DE VERDAD? ENTONCES NO TE PIERDAS **EL VAMPIRO VEGETARIANO**. A casa de Lucía y Tomás llega un nuevo inquilino: el señor Lucarda. Alto, delgado, de unos cuarenta años, siempre viste de negro y nunca habla con nadie.

EL VAMPIRO VEGETARIANO
Carlo Frabetti
EL BARCO DE VAPOR, SERIE NARANJA
(COLECCIÓN PROPIA), N.º 1

SI TE VAN LAS HISTORIAS EN LAS QUE EL PROTAGONISTA, IGUAL QUE ALEJANDRO, TE CUENTA LO QUE SIENTE EN CADA MOMENTO, EN **¡CASI MEDIO AÑO!** leerás el diario de Santiago, un chico normal y corriente que no duda en poner por escrito todas sus preocupaciones, inquietudes, gustos y alegrías.

¡CASI MEDIO AÑO!
Mónica Beltrán Brozon
EL BARCO DE VAPOR, SERIE NARANJA, N.º 108

SI PARA TI LOS LIBROS SON TU VIDA, ENTONCES ERES COMO ALEJANDRO O COMO MANUEL, EL PROTAGONISTA DE **LOS CUATRO AMIGOS DE SIEMPRE**, quien, gracias a su imaginación, vive una y mil aventuras acompañado de los autores de sus novelas favoritas.

LOS CUATRO AMIGOS DE SIEMPRE
Gilberto Rendón Ortiz
EL BARCO DE VAPOR,
SERIE NARANJA, N.º 129

elbarcodevapor.com